Der Einschlag mitten ins Leben

AF192227

Warum traf es mich?
Warum gerade ich?
Angst, Wut, Verzweiflung, den Glauben verloren.
Aus tiefsten Tiefen die Hoffnung geboren.
Hinnehmen! Kämpfen! Doch nur Kämpfe, die lohnen.
Kräfte entdecken, die tief in mir wohnen.
Das Leben geht weiter, alles hat einen Sinn.
Und am Ende, da ist selbst die Krankheit Gewinn.
Doch ein langer und schmerzhafter Weg führt dorthin!

Ulrike Menke

Der Einschlag mitten ins Leben

Schlaganfall mit 45 und das Leben geht weiter

Herstellung und Verlag: Books on Demand GmbH, Norderstedt
ISBN 3-8334-0922-3

Es traf mich im Schlaf.

Am Donnerstag, dem 3. April 2003, in der Nacht, um ungefähr 2.30 Uhr riss in meinem Kopf die Innenwand der vorderen linken Hauptschlagader.

Bis zur Diagnose ‚Schlaganfall' sollten noch sechs Tage sowie drei Schlaganfälle vergehen. Während dieser Zeit konsultierte ich fünf Ärzte, eine Heilpraktikerin und eine Physiotherapeutin.

Kein Warnsignal war vorausgegangen. Gesund und fröhlich war ich am Abend der besagten Nacht ins Bett gegangen und schlief tief, fest und traumlos bis zu ebendiesem Zeitpunkt des Aderrisses, der zu einem Wendepunkt in meinem Leben werden sollte.

Gegen 2.30 Uhr wurde ich von einem lauten, dröhnenden Pumpgeräusch geweckt. Mein erster Gedanke war, dass die defekte Pumpe unserer Heizung nun vollends ihren Geist aufgegeben habe und die hallenden Pumpgeräusche über die Heizungsrohre laut im ganzen Haus verteile. Damit meine Familie nicht auch geweckt würde, machte ich mich auf den Weg in den Keller, um die Heizung auszuschalten. Auf dem Weg vom Dachgeschoss in den Keller wurde mir bewusst, dass das dröhnende Pumpgeräusch gar nicht von dort kam, sondern sich in meinem Kopf abspielte.

Erschreckt und ziemlich beunruhigt legte ich mich wieder hin und diagnostizierte für mich einen Hörsturz. Die Pumpgeräusche wurden im Laufe der nächsten Minuten leiser und beschränkten sich bis zum anderen Morgen darauf, dass ich meinen Pulsschlag und das Rauschen des Blutes im linken Ohr hörte. Das Geräusch war vergleichbar mit dem Ultraschallgeräusch, das ich von meinen Schwangerschaften her kannte. Ich beschloss, am folgenden Morgen direkt in die Praxis eines Hals- Nasen- Ohrenarztes zu gehen, um den ‚Hörsturz' behandeln zu lassen.

Bevor ich chronologisch weiterberichte, hier nun einige Angaben zu meiner Person: Zum Zeitpunkt des Schlaganfalls war ich 45 Jahre alt, 168 cm groß, wog 58 kg, war bzw. bin seit 24 Jahren verheiratet und habe zwei Söhne im Alter von 21 und 16 Jahren. Ich bin gelernte Erzieherin (zehn Jahre Kindergartenarbeit) und seit elf Jahren gemeinsam mit einem Partner als selbständige Immobilienmaklerin tätig.

Ich war gesund und hatte insbesondere keinen Bluthochdruck, der eine der häufigsten Ursachen eines Schlaganfalls ist. Mein Blutdruck war eher zu niedrig. Ich führte ein arbeitsreiches, bewegtes und interessantes Leben, in dem ich mich sehr wohl und ausgefüllt fühlte.

Um mich fit zu halten und ausreichend frische Luft zu haben, joggte ich in der Regel dreimal wöchentlich etwa zwanzig Minuten, entweder vor oder nach Büroschluss. Meine Ernährung entsprach dem, was man ‚gesund' nennen darf, und geraucht habe ich niemals.

Nun wissen Sie rein formell, mit wem Sie es ab jetzt zu tun haben werden, und denken wahrscheinlich ebenso wie die konsultierten Ärzte: „Die kann gar keinen Schlaganfall bekommen, die ist viel zu jung, schlank und gesund!" Eine verhängnisvolle Ansicht, wie sich zeigte. Und bitte bedenken Sie: „Es trifft nicht immer nur die anderen, es könnte schon heute auch Sie oder eines Ihrer Familienmitglieder treffen."

Lesen Sie dieses Buch, wenn Sie mögen, bitte auch unter diesem Aspekt und achten Sie bei sich und anderen auf mögliche Symptome. Verlassen Sie sich nicht ausschließlich auf die Kompetenz der Ärzte.

Chronologisch geht es folgendermaßen weiter.

1. Tag: Am frühen Donnerstagmorgen fuhr ich zu Praxisbeginn zum Hals- Nasen- Ohrenarzt und stellte an der Rezeption meine Beschwerden dar. Ich kam ins Wartezimmer und verbrachte dort einige qualvolle Stunden mit Warten. Während dieser Zeit bekam ich heftige Kopfschmerzen, die so stark wurden, dass sie mit Übelkeit

und Schwindel einhergingen. Außerdem hatte ich das Gefühl, mein Erinnerungsvermögen schwinde mehr und mehr. Ich konnte mich an Daten, wie zum Beispiel mein Alter und Geburtsdatum, nur mit Mühe erinnern. Auch machte es mir zunehmend Schwierigkeiten, mich auszudrücken, da mir einige Worte einfach nicht einfielen. Sie waren aus meinem Wortschatz verschwunden. All diese Symptome teilte ich dem behandelnden Arzt mit, als ich endlich, nach mehrfacher Rückfrage und dem Hinweis, dass es mir sehr schlecht ginge, ins Behandlungszimmer kam. Nach einer umfassenden Untersuchung des Gehörs konnte der Arzt keinen Hörsturz diagnostizieren.

Als ich um ein Mittel gegen den fast unerträglichen Kopfschmerz bat, bekam ich einen Novalgintropf verabreicht. Novalgin ist ein relativ starkes Schmerzmittel.

Mit einem Kurzbericht für meinen Hausarzt und der Empfehlung einen Neurologen aufzusuchen, entließ mich der Arzt. In dem Kurzbericht des Hals- Nasen- Ohrenarztes standen meine geschilderten Beschwerden aufgelistet: „Pulsgeräusch im Ohr, heftige Kopfschmerzen mit Übelkeit, nicht ganz orientiert, Wortfindungsstörung".

Nach Erhalt des Tropfes mit dem Schmerzmittel fuhr ich nach Hause.

Dort legte ich mich ins Bett und schlief ein paar Stunden. Als ich aufstand, waren die Kopfschmerzen erträglich, mir war nur etwas schwindelig bzw. wattig benommen zumute und die Pulsschlaggeräusche sowie das Rauschen des Blutes im linken Ohr waren noch da.

Den Rest des Tages verbrachte ich liegend, da ich mich zu schlecht fühlte, zu einem weiteren Arzt zu gehen.

2. Tag: An diesem Tag, einem Freitag, ging ich ganz normal ins Büro und arbeitete, obwohl ich mich leicht schwindelig, benommen und unwohl fühlte. Meine Lebens- und Arbeitseinstellung war immer die gewesen, nicht aus jeder Mücke einen Elefanten zu machen und nur ,wirklich krank' zum Arzt zu gehen oder zu Hause zu bleiben.

Und ,wirklich krank' fühlte ich mich nach meiner Einschätzung an diesem Tag nicht.

3. Tag: An diesem Tag, dem Samstag, rief ich meinen Zahnarzt (privat, wegen des Wochenendes) an. Dieser hatte mir während der vorangegangenen Woche eine Nervenwurzelfüllung gemacht und ich hatte die spontane Idee, dass diese Wurzelfüllung möglicherweise die Beschwerden verursachen könne. Mein Zahnarzt hörte sich das Beschwerdebild telefonisch an, glaubte jedoch nicht an einen Zusammenhang zwischen meinen Beschwerden und der von ihm vorgenommenen Nervenwurzelfüllung. Weil er diesen Zusammenhang jedoch auch nicht mit Sicherheit ausschließen konnte oder wollte, vereinbarten wir für den kommenden Montag einen Termin, um die Füllung vorsorglich wieder zu entfernen. Ich hatte an diesem Tag meinen 14 - tägigen freien Samstag und erledigte den üblichen Wochenendeinkauf im Supermarkt. Mir war noch immer schwindelig und benommen zumute und ich beschränkte die weitere Hausarbeit auf das Nötigste, um mich hinzulegen.

4. Tag: An diesem Sonntag hatten mein Mann und ich uns nachmittags mit Freunden zu einem Waldspaziergang in den Bergen des Tecklenburger Landes verabredet. Mir war zwar noch immer schwindelig und benommen sowie hörte ich nach wie vor meinen Pulsschlag im linken Ohr, ansonsten ging es mir jedoch recht gut. Also machten wir am Sonntagnachmittag eine Waldwanderung von gut zwei Stunden, mit einer Kaffeepause in einem Café. Wir schritten kräftig aus und ich amüsierte mich über den Zustand des Schwindels, der verursachte, dass ich mich wie volltrunken fühlte. Ich hatte jedoch das Gefühl, die Bewegung und die frische Luft täten mir recht gut.

5. Tag: Montags ging ich zunächst ins Büro und zwischendurch zum vereinbarten Zahnarztbesuch. Dort lag ich über eine Stunde im

Behandlungsstuhl (Kopf nach unten) und ertrug die Entfernung der Wurzelfüllung. Der Zahnarzt entfernte mühselig ungefähr die Hälfte der Füllung und gab mir einen Folgetermin für die Restentfernung.

Nach dem Zahnarztbesuch ging es mir deutlich schlechter, so dass ich am frühen Nachmittag zu meinem Hausarzt fuhr und ihm den schriftlichen Befund des HNO vom Donnerstag vorlegte. Mein Hausarzt, der mich seit mehr als einem Jahrzehnt im wahrsten Sinne des Wortes von innen und außen kannte, riet mir, anhand der Schilderung meiner Symptome zu einem kurzfristigen Termin beim Neurologen. Er ließ durch sein Sekretariat für den kommenden Tag nachmittags um 14.00 Uhr einen Termin bei einem Neurologen in einer Nachbarstadt vereinbaren. Zu den bereits geschilderten Symptomen war in der Zwischenzeit ein weiteres hinzugekommen. Das Augenlid meines linken Auges hing zu diesem Zeitpunkt bereits hälftig herunter, das Auge ließ sich nicht mehr vollständig öffnen.

Am frühen Abend dieses Tages fuhr ich mit unserem 16 - jährigen Sohn in eine benachbarte Stadt, um dort einen lange vereinbarten Termin (für unseren Sohn) bei einer Heilpraktikerin wahrzunehmen. Ich nutzte diesen Termin, um ihr meine Beschwerden zu schildern. Sie war sehr besorgt und riet mir den vereinbarten Termin beim Neurologen am kommenden Tag unbedingt wahrzunehmen. Dann behandelte sie mich mit einer magnetischen Nackenrollenmassage, um mögliche Blockaden aufzulösen. Ich hatte ein gutes Gefühl nach dieser Behandlung und später am Abend verschwand das Klopf- und Rauschgeräusch aus meinem Ohr, was ich als Zeichen der Besserung wertete.

6. Tag: An diesem Dienstag, ging ich vormittags ins Büro, da ich ja erst am frühen Nachmittag den vereinbarten Neurologentermin hatte. Im Verlauf des Vormittags verschlechterte sich mein Zustand dann jedoch drastisch. Während einer Kundenberatung hörte ich zeitweise

abwechselnd wie durch Watte oder so hohl und schallend wie in einer großen Halle. Mir fehlten zunehmend Worte, so dass ich kaum noch in der Lage war, einen kompletten Satz zu artikulieren. Mit dem linken Auge konnte ich plötzlich nur noch durch Schlieren sehen. Ich fühlte mich extrem benommen und schwindelig. Ich begriff Zusammenhänge nicht mehr bzw. Sätze, die man zu mir sprach.

Während dieser Zeit rief mich meine Mutter im Büro an. Sie bemerkte am Telefon sehr schnell, wie es um mich stand und äußerte in sehr großer Sorge den Verdacht, dass ich möglicherweise einen Schlaganfall gehabt hätte. Ich wusste es nicht, ich kannte zu diesem Zeitpunkt die Symptome eines Schlaganfalls auch gar nicht. Wir vereinbarten, dass mein Vater mich nachmittags zum Neurologentermin fahren würde.

Mein Kollege, der gleichzeitig seit vielen Jahren mein bester Freund und Vertrauter ist, brachte mich in großer Sorge zu meinen Eltern. Mein Mann war zu dieser Zeit im Dienst. Er arbeitet als Justizvollzugsbeamter außerhalb von Rheine. Mein Kollege schilderte meinen Eltern eindringlich, welche Ausfälle er bei mir beobachtet habe und dass mein Vater zwingend beim Arztgespräch anwesend sein solle, da ich selbst mich nicht genügend artikulieren könne.

Zu 14.00 Uhr fuhr mein Vater mich zum Neurologen. Im Wartezimmer dieser Praxis sah ich auf die Zeitschriften und stellte mit großem Erschrecken fest, dass ich zwar die Buchstaben sehen und erkennen konnte, jedoch nicht in der Lage war, daraus Worte zu bilden. Die Buchstaben tanzten durcheinander und ergaben keinen Sinn bzw. kein Wort für mich. Ich konnte nicht mehr lesen. Der Schock ließ mir den kalten Schweiß aus allen Poren ausbrechen und mir wurde übel.

Nach dem EEG (dem Messen der Hirnströme), das ich in meinem derzeitigen Zustand als äußerst anstrengend und schmerzhaft empfand, schilderte ich dem Neurologen, so gut es mir zu diesem Zeitpunkt noch möglich war, mein bereits sehr umfassendes Beschwerdebild. Mein Vater unterstützte mich. Der Neurologe bescheinigte mir ein EEG, das in Ordnung sei, riet jedoch zu einem dringenden Untersuchungstermin zur Computertomographie, dem sogenannten CT bzw. dem MRT (Magnet-Resonanz-Tomographie), das noch feinere Daten aufzeichnet, in der radiologischen Praxis eines Krankenhaus. Er bot an, dort anzurufen und mich anzukündigen.

Als mein Vater und ich die Praxis verließen und im Treppenhaus standen, sackten mir plötzlich beide Beine komplett weg. Es war ein Gefühl, als ob meine Beine gar nicht mehr vorhanden seien, anders als bei einer Ohnmacht, bei der das Zusammensacken vom Kopf her kommt. Gott sei Dank konnte ich mich in einer Reflexbewegung mit beiden Händen am Treppengeländer festhalten, sonst wäre ich vermutlich das gesamte Treppenhaus hinabgestürzt. Mein Vater hielt mich fest und rief laut um Hilfe. Nun trug man mich zurück in die neurologische Praxis. Dort ging es mir nach einigen Minuten wieder etwas besser. Meine Beine trugen mich wackelig, aber sie trugen mich wieder, so dass mein Vater und ich Richtung Krankenhaus zur Computertomographie aufbrechen konnten. Dort angekommen, begaben wir uns direkt in die radiologische Praxis und erhielten die Information, dass ich erst am kommenden Tag einen Termin erhalten könne. Mein Vater schilderte verzweifelt meine Beschwerden und die Dringlichkeit der Tomographie, hatte jedoch keinen Erfolg. Es blieb beim Termin für den kommenden Tag mit der Begründung, man sei terminlich voll belegt. Während dieses Gesprächs ging offensichtlich der Anruf des Neurologen ein, der uns ja wie versprochen ankündigen und die Dringlichkeit der Untersuchung darlegen wollte. Nach einem Hin und Her im Sekretariat machte man uns kompromissbereit den Vorschlag, uns zu Hause in telefonischer Bereitschaft zu halten, falls sich doch noch eine terminliche Lücke ergeben sollte.

Auf dem Parkplatz des Krankenhauses hatte ich die aus Ratlosigkeit geborene Idee, meinen Kollegen im Büro zu bitten, unsere geschäftlichen Beziehungen zu einigen Ärzten des Krankenhauses zu nutzen, um durch sogenanntes ‚Vitamin B' möglicherweise doch noch einen CT Termin zu bekommen. Als ich mein Handy benutzen wollte, stellte ich fest, dass ich nicht in der Lage war, es zu bedienen. Die Tastatur war mir so fremd, als hätte ich sie niemals vorher gesehen. So rief mein Vater in unserem Büro an und besprach mit meinem Kollegen die Situation. Der versprach, sich zu kümmern und wir zwei machten uns voller Enttäuschung und Verzweiflung auf den Weg nach Hause. Auf dem Nachhauseweg kamen wir an der physiotherapeutischen Praxis vorbei, in der ich in der Vergangenheit hin und wieder Massagen oder Krankengymnastik erhalten hatte. Spontan ging ich hinein und schilderte der Therapeutin, die mich von vergangenen Behandlungen her sehr gut kannte, meine Beschwerden und den Verdacht, ob möglicherweise ein Wirbel ausgerenkt oder ein Nerv eingeklemmt sei und die Beschwerden verursache. Die Physiotherapeutin war sehr erschrocken, untersuchte mich äußerst vorsichtig und riet mir, direkt ins Krankenhaus zu fahren. Ich erklärte ihr, dass wir ebenda herkämen. Sie schloss als Ursache einen eingeklemmten Nerv oder ausgerenkten Wirbel aus und mein Vater fuhr mich nach Hause.

Zu Hause angekommen, sahen wir auf dem Display unseres Telefons, dass das Krankenhaus angerufen hatte. Als wir zurückriefen, bot man mir einen sofortigen computertomographischen Termin an, da ein anderer Patient nicht erschienen sei. Hatte mein Kollege möglicherweise mit unseren Kontakten Erfolg gehabt? Also, wieder ins Auto und zurück ins Krankenhaus. Einen Erfassungsbogen, den ich ausfüllen sollte, musste das Sekretariat ausfüllen, da ich zu diesem Zeitpunkt weder lesen noch schreiben konnte. Ich unterschrieb lediglich das ausgefüllte Formular, das ging irgendwie.

Nach der 20 bis 30 minütigen Röhrenuntersuchung kam ein Arzt (bereits in Jacke, eilig und offensichtlich auf dem Weg in den Feierabend) und erklärte meinem Vater und mir die computertomographischen Bilder. Der Befund lautete medizinisch: ‚Kompletter Verschluss der Arteria carotis interna links nach spontaner Dissektion mit mehreren kleinen hämodynamischen Endstrominfarkten'. Für Nichtmediziner heißt das: Die Innenwand der vorderen, linken Hauptschlagader im Kopf war gerissen. In Folge hatte sich die Ader komplett verschlossen und somit keinen Blutfluss mehr. Durch die ungenügende Durchblutung des Gehirns, oder durch kleine Blutgerinnselchen erfolgten dann mehrere kleine Schlaganfälle. Auf den MRT - Bildern konnte man diese drei Schlaganfälle als hellgraue Flecken sehr gut erkennen.

Der Radiologe erklärte uns die Bilder und Fakten wie ein Meteorologe, der die Wetterkarte erklärt. So ähnlich sehen die MRT - Bilder allerdings auch aus. Er sprach nüchtern, sachlich, völlig emotionslos, so, als ob man einen harmlosen Armbruch diagnostiziert und erläutert. Für ihn war das offensichtlich Routine. Für mich nicht. Irgendwie begriff ich zu diesem Zeitpunkt jedoch die Bedeutung und den Ernst, ja die Dramatik der Situation überhaupt noch nicht. Ebenso nüchtern und unemotional wie der Arzt fragte ich, ob meine derzeitigen Beschwerden durch eine mögliche Behandlung wieder geheilt werden könnten. Darauf antwortete der Radiologe mit einem klaren: „Nein". Dazu sei es viel zu spät. Heilungschancen beständen nur, wenn man innerhalb der ersten drei bis vier Stunden nach dem Schlaganfall behandelt werde.

Später fragte ich meinen Vater, ob dieser Arzt mich möglicherweise missverstanden habe, als er dieses klare „Nein" aussprach. Ob er möglicherweise gedacht hatte, ich meine die sichtbaren Veränderungen auf den MRT - Bildern, die sich als graue Flecken deutlich abzeichneten. Jedoch bestätigte mir mein Vater diese für ihn und mich so schockierende Aussage. Auch er hatte sie ebenso wie ich verstanden und gedeutet.

Nach sechs Tagen war nun endlich und erstmals die Diagnose ‚Schlaganfall' gestellt. Der Radiologe riet uns, schnellstmöglich eine Noteinweisung in eine neurologische Klinik von meinem Hausarzt zu beschaffen, übergab uns die MRT - Aufnahmen und entließ uns unserem weiteren Schicksal und sich selbst in den Feierabend.

Nun fuhren wir zu meinem Hausarzt. Es war mittlerweile etwa 18.00 Uhr. Mein Hausarzt, bei dem ich am Vortag ja bereits gewesen war, legte uns nach Durchsicht der MRT - Bilder wortreich dar, dass er niemals von einem Schlaganfall bei mir ausgegangen wäre, da er mich und meine körperliche Konstitution seit Jahren kenne und diese nicht den Gedanken an einen Schlaganfall rechtfertigen würden.

Mein Vater und er diskutierten die Möglichkeit der Einweisung in zwei verschiedene Krankenhäuser und entschieden sich für eines mit einer eigenständigen neurologischen Abteilung in einer benachbarten Stadt. Der Arzt stellte eine Noteinweisung aus, informierte die Klinik jedoch nicht, da er befürchtete, man werde mir möglicherweise dann erst zum kommenden Tag ein Bett anbieten.

So fuhren mein Vater und ich nach Hause, um ein paar Sachen für mich zu packen. Während ich einige Dinge zusammenpackte, telefonierte mein Vater mit meinem Mann auf dessen Dienststelle, mit meiner Mutter und meinem Kollegen, um den schockierenden Sachstand durchzugeben.

In der Zwischenzeit war unser 21 jähriger Sohn Henrik von der Arbeit zurückgekommen. Er und mein Vater brachten mich dann gemeinsam ins Krankenhaus, wo ich relativ kurzfristig und unbürokratisch aufgenommen wurde. Schnell war ein zuständiger Arzt zur Stelle.

Ab diesem Moment kann ich mich nicht mehr an Einzelheiten und insbesondere an Zeitabfolgen erinnern. Hier verwischt das Bild trotz intensiver Erinnerungsbemühungen. Ich weiß noch, dass ich bei der Einlieferung ins Krankenhaus furchtbar erschöpft war und am ganzen Körper zitterte, so dass mir die Zähne heftig aufeinander schlugen und regelrecht klapperten.

An eine traumatische Situation jedoch, erinnere ich mich genau. Sie muss sich irgendwann während der ersten Krankenhaustage ereignet haben.

Einer der Ärzte, die mich behandelten, erzählte mir während einer Ultraschalluntersuchung der Halsschlagadern, dass er kürzlich eine Patientin mit gleichem Krankheitsbild behandelt habe, also ebenfalls ein Riss der Halsschlagader. Bei dieser Patientin habe sich die gerissene Aderwand, die durch den explosionsartigen Riss in der Regel an der gegenüberliegenden Aderwand festklebt, zu schnell, nämlich bevor das Blut dünn genug gewesen sei, wieder geöffnet, bzw. von der Aderwand gelöst und damit geronnenes Blut freigesetzt. Diese Patientin sei infolge eines schweren Schlaganfalls danach schwerstbehindert gewesen.

Er erklärte mir, dass erst nach etwa 4 Tagen Behandlung mit einem Blutverdünner und Gerinnungshemmer das Blut dünn genug sei, um das Risiko eines erneuten, möglicherweise sehr schweren Schlaganfalls auszuschließen bzw. einzugrenzen.

Versuchen Sie sich vorzustellen, was eine solche Aussage für mich bedeutete?

Von nun an verbrachte ich jeden Augenblick in dem Bewusstsein, dass mit jeder Sekunde mein Leben beendet oder schwerstbehindert sein könnte. Wobei ich mich mit dem Tod identifizieren konnte. Die Schwerstbehinderung oder der Hirntod waren allerdings eine Vorstellung für mich, die mir ein unbeschreibliches Grauen verursachte. Dieses Gefühl der Angst, ja des Grauens, hier wiederzugeben, ist mir verbal nicht möglich. Es gibt keine Worte, die es auszudrücken vermögen. Ich bin aber davon überzeugt, dass Sie es sich vorstellen können. In diesen Tagen bekam das Wort ‚hilflos' eine neue Bedeutung für mich. Ab jetzt sollte die Angst vor einem weiteren Schlaganfall mein ständiger Begleiter sein.

Auch dachte ich immer wieder darüber nach, dass ich die vergangenen Tage und Nächte in permanenter Lebensgefahr verbracht hatte, ohne es zu wissen. In jedem Augenblick hätte mich der tödliche Schlag treffen können, denn ich war in keinster Weise vor ihm geschützt gewesen. Ein kleines Blutgerinnselchen hätte ausgereicht, mich möglicherweise schwer behindert, hirntot oder tödlich zu treffen. Wäre es möglich, dass ich noch weitere Tage, also insgesamt 10 Tage, davon verschont blieb?

Die ersten Krankenhaustage habe ich insgesamt nur sehr verwaschen in Erinnerung. Sie verschwammen zu einer Masse aus Angst, Wut, Verzweiflung, Hoffnung und weinen, weinen, weinen.

Schnell nach meiner Einlieferung in die Klinik wurde ich an EKG- und Kreislaufüberwachungsgeräte angeschlossen und ich bekam den blutverdünnenden Heparintropf. Das Heparin sollte von nun an mein Blut bis zu einem gewissen Wert verdünnen und den Gerinnungsfaktor reduzieren, wodurch die Gefahr eines erneuten Schlaganfalls ausgeschlossen bzw. eingegrenzt werden sollte. Man prognostizierte mir eine ununterbrochene Tropfdauer von etwa zehn Tagen, bis zu einem Wert, der dann in Form von Tabletten (Marcumar) weiterbehandelt werden könne.

Ich erhielt Beruhigungsmittel und Schmerzmittel gegen die andauernden Kopfschmerzen. Irgendwie schwammen die Tage an mir vorbei. An einzelne Dinge kann ich mich genau erinnern, an andere unterschwellig und an manche gar nicht. Es wurden diverse technische Untersuchungen gemacht, wie das Messen der Hirnströme, eine Röntgenaufnahme und Ultraschalluntersuchungen, an die ich im Einzelnen keine genaue Erinnerung habe. Die Minuten wurden während dieser ersten Woche zu Tagen und die Tage huschten vorbei wie Minuten. Ein unerklärliches Phänomen.

Die akute Lebens- und Schlaganfallgefahr durch mein noch zu dickes Blut versuchte ich vollends zu ignorieren und aus meinen Gedanken zu verdrängen.

Allen meinen engsten Freunden und Familienmitgliedern, die mich besuchten, suggerierte ich, dass es mir den Umständen entsprechend gut ginge. Zu diesem Zeitpunkt ging ich davon aus, dass meine Familie nicht darüber informiert war, dass ich mich mindestens vier Tage lang in bedrohlicher Situation befand.

Fakt war jedoch, dass der Arzt sowohl meinem Vater als auch meinem Mann das Gleiche wie mir erzählt hatte, ohne dass wir untereinander davon Kenntnis hatten. Jeder für sich war in dem Glauben, die anderen wüssten nicht von dieser Gefahr und so schwiegen wir alle, um uns gegenseitig zu schützen. Jeder litt still für sich alleine und ich selbst fühlte mich abgrundtief verzweifelt und unglaublich hilflos, trotz ständiger fürsorglicher Besuche meiner Familie und meiner engsten Freunde.

Schon am zweiten Tag hatte ich mich auf eigene Kosten auf ein Einzelzimmer verlegen lassen, weil meine Zimmernachbarin dazu neigte, im Schlaf, ganze Wälder abzuholzen. Allein auf einem Zimmer konnte ich nun endlich meinen Emotionen freien Lauf lassen. In diesen Tagen weinte ich sehr sehr viel.

Der Luxus des Einzelzimmers kostete uns allerdings 92 Euro je Tag, die wir trotz unserer privaten Krankenversicherung aus eigener Tasche zuzahlen mussten. Das allerdings war mir das Alleinsein und die Ruhe in diesen schweren Tagen meines Lebens wert und Gott sei Dank konnten wir es uns leisten. Für diese knapp 1300 Euro hätten wir, wäre ich nicht krank geworden, über Ostern einen Urlaub an der Nordsee gemacht.

Traurig finde ich jedoch, dass es in solch einer extremen Lebenssituation vom Geld abhängt, ob man sich den Luxus des menschenwürdigen Aufenthalts in Abgeschiedenheit leisten kann.

Eine sehr emotionale und bedrückende Situation war der erste Besuch unseres 16 jährigen Sohnes Simon am zweiten Tag meines Krankenhausaufenthaltes für mich und wohl auch für ihn. Er hatte, wie er mir jedoch erst nach der Entlassung aus der Rehaklinik berichtete, durch die Gespräche meines Mannes und meiner Eltern große Angst, dass ich nicht wieder gesund werden würde. Er fürchtete, dass er seine ihm vertraute, gesunde Mutter verlieren würde. Dass sich möglicherweise sein ganzes Leben ändern würde. Diese Vorstellung verursachte ihm eine ungeheure Angst, die er vor mir jedoch verbergen wollte, um mich nicht noch mehr zu belasten. Als er dann jedoch mein Krankenzimmer betrat und vor mir stand, konnte er seine Emotionen nicht zurückhalten. Er begann fürchterlich zu weinen. Ich umarmte und tröstete ihn. Ich versprach ihm, gesund zu werden und versicherte ihm, ich sei fest davon überzeugt, stark genug zu sein, es zu schaffen. Wie stark ist man doch in den Momenten des Lebens, in denen es um das Wohl der eigenen Kinder geht.

Er ließ sich beruhigen, aber das Erleben der Angst vor dem Verlust der Mutter und dem vertrauten Zuhause wird vermutlich lebenslang in seiner Erinnerung bleiben. Im Verlauf der nächsten Wochen und Monate sollte meine Geduld noch auf harte Proben gestellt werden, da Simon sich in Wesen und Verhalten rasant veränderte und das leider nicht zu seinem Vorteil. Heute frage ich mich, wie soll denn auch ein 16 - Jähriger eine solche Lebenskrise alleine bewältigen? Und er war alleine, viel zu oft alleine, denn die gesamte Familie war organisatorisch und psychisch belastet, alle miteinander und doch jeder für sich.

Nach einigen Tagen fand ich nach und nach aus dem verschwommenen Zeitgefüge heraus und bat um das Absetzen der Beruhigungsmittel während des Tages. Hierdurch konnte ich wieder klarer denken und begann zu registrieren, welche Schäden die drei Schlaganfälle hinterlassen hatten. Auch waren die ersten gefährlichen Tage nun vorbei und es stellte sich ein gewisses Gefühl der Erleichterung ein. Jedoch befand ich mich in einem Gefühlskarussell, das sich so schnell drehte, ohne dass ich eine Chance hatte, auszusteigen. Ich hatte meine Emotionen überhaupt nicht mehr unter Kontrolle. Ich weinte entfernten Bekannten, die sich telefonisch nach meinem Befinden erkundigen wollten, durchs Telefon etwas vor, ohne dies auch nur im Ansatz verhindern zu können. Es gab ziemlich peinliche Situationen, weil unter anderem auch Geschäftspartner anriefen. Es gab diverse Situationen, für die ich mich heute noch schäme.

‚Zusammenreißen' funktionierte irgendwie überhaupt nicht mehr. Sonderbarerweise war der Anblick des Essenstabletts für mich permanenter Auslöser eines Tränenstroms. Viele Male nahm ich mir vor, bei der kommenden Mahlzeit nicht zu heulen, zumal das Essen ausgesprochen gut war. Kam die Schwester dann jedoch mit dem Tablett und einem fröhlichen: „Guten Appetit" ins Zimmer, war mein Hals wie zugeschnürt und spätestens, wenn ich die Abdeckung vom Tablett nahm, folgte der unvermeidliche Griff zum Taschentuch.

Gott sei Dank ignorierte das Pflegepersonal mein ständig verheultes Gesicht. Nur ein einziges Mal bemerkte eine Schwester, die ich ab diesem Tag lieber von hinten als von vorne sah: „Vielleicht sei es angesichts meiner gesundheitlichen Lage sinnvoller, mich nicht so aufzuregen." Dieser Kommentar regte mich allerdings dann erst richtig auf, denn er war weder eine Hilfe für mich, noch zeigte er auch nur annäherndes Verständnis oder Einfühlungsvermögen.

Schwestern dieser Art gab es leider noch weitere. Eine fragte mich beispielsweise eines Tages, als sie die Essensbestellung aufnehmen sollte: „Essen Sie das, was alle essen, oder was haben Sie ausgesucht?" Die Betonung lag auf ‚alle essen'. Bei diesem Satz wurde mir erstmals bewusst, dass ich offensichtlich als Privatpatientin Privilegien genoss, die anderen nicht zuteil wurden. Es war ein sehr unangenehmes Gefühl für mich und ich hatte den Verdacht, dass die Schwester, aus welcher Motivation auch immer, ebendies mit dem Gesagten erreichen wollte. Eine solche Bagatelle brachte mich in diesen Tagen schon aus dem Gleichgewicht. Ich war so überempfindlich, dass diese Äußerung wieder einmal zum Angriff auf meine Taschentuchvorräte führte.

Der Fairness wegen sei jedoch erwähnt, dass es auch aufmerksame und vor allem freundliche Schwestern und Pfleger gab. Leider waren sie jedoch durch ihr Arbeitspensum dermaßen gefordert, dass kaum Zeit für ein Gespräch blieb. An dieser Stelle möchte ich jedoch von einer Schwester berichten, die Folgendes für mich tat: Seit mehreren Tagen befand sich mein Blutwert knapp an der Grenze, an der der Dauertropf mit Heparin entfernt werden konnte, der nun seit dreizehn Tagen und Nächten mein ununterbrochener Begleiter war.

Während der letzten Tage hatten die Ärzte zunehmend Probleme beim Stechen der Tropfnadel, die an jedem dritten Tag neu gesetzt wurde, da die Adern mittlerweile ziemlich vernarbt waren. Die Vernarbung entstand auch durch die täglichen Blutentnahmen, um den Quickwert (Dünne und Gerinnungsfaktor) des Blutes zu ermitteln. Die Einstichstellen des Tropfes schmerzten von Tag zu Tag mehr und vor allem bei jeder Bewegung des Armes bzw. der Hand.

Seit drei Tagen erwartete ich voller Spannung und Hoffnung den Moment der Durchgabe der Blutwerte. An diesem Ostersonntag war der Wert allerdings bis nachmittags noch immer nicht da, so dass ich die Hoffnung für diesen Tag bereits aufgegeben hatte. Besagte Schwester, die mein hoffnungsvolles Warten bereits seit Tagen verfolgte, ergriff ohne mein Wissen die Initiative und sah die Blutwerte im Ärztecomputer ein, um mir dann die erfreuliche Mitteilung der Tropfentfernung zu machen. Sie freute sich aufrichtig mit mir und das wiederum freute mich umso mehr. Nun konnte ich ohne Hilfe duschen und vor allem alleine die Kleidung wechseln. Ich konnte mich frei bewegen, kabellos schlafen und das Zimmer verlassen.

Das war eine schöne Osterfreude.

Apropos Ostern: Zweimal während meiner Krankenhauszeit besuchten mich die Krankenhausseelsorger. Zuerst der katholische Pastor (zu dessen Fraktion ich gehöre), der mir die Kommunion brachte und eine Woche später, versehentlich, der evangelische Pfarrer, der das Abendmahl austeilte.

Als der katholische Pastor mein Zimmer betrat, begann er unverzüglich, seinen Gebetstext zu sprechen und ich zu weinen. Er sprach seinen Text zu Ende, gab mir die heilige Kommunion und ging. Kein persönliches Wort, keine Frage oder freundliche Geste, nichts. Er verrichtete seinen Dienst als Hostienverteiler, mehr nicht.

Ganz anders der evangelische Pfarrer, der mein Zimmer eigentlich aus Versehen betrat. An diesem Tag weinte ich nicht und hatte auch keinerlei Erwartungen, außer der, dass er ganz schnell wieder gehen würde, wenn er erführe, dass ich katholisch bin. Er jedoch fragte mich, ob ich ein Problem damit habe, wenn er mit mir beten würde. Ich verneinte dies und so beteten wir miteinander auf eine sehr schöne und persönliche Weise. Im Anschluss fragte er mich nach meinem Krankheitsbild und unterhielt sich mehrere Minuten mit mir. Dieses Gespräch, nein, dieser Mann, oder wahrscheinlich beides zusammen vermittelten mir ein sehr gutes, ein warmes Gefühl der Zwischenmenschlichkeit.

Nun aber zurück zum eigentlichen Problem, dem Schlaganfall und dessen Folgen. Ich hatte große Probleme beim Sprechen, bzw. beim Formulieren von Sätzen, weil mir sehr viele Worte fehlten. Sie waren in meinem Kopf bzw. meinem Wortschatz nicht mehr vorhanden.

In meinem Leben vor dem Schlaganfall war ich eine ganz passable Rhetorikerin gewesen und das kam mir jetzt zugute, indem ich die fehlenden Worte umschrieb. Schwierig wurde es immer nur dann, wenn bei den ständigen Umschreibungen wiederum Worte fehlten und irgendwann ein ‚Knoten' entstand, aus dem ich nur mit Mühe oder gar nicht mehr herausfand. Ich wurde jedoch schnell so gut im Umschreiben der Fehlworte, dass so manchem Besucher dieses Fehlverhalten gar nicht auffiel.

Besonders schlimm und beeinträchtigend empfand ich die Tatsache, dass ich keinerlei Kurzzeitgedächtnis hatte. Nichts, aber auch gar nichts aus der Gegenwart, konnte ich behalten. Ich konnte mir weder die Namen der Ärzte noch die der Schwestern und Pfleger merken. Ich wusste am Ende des Tages nicht, wer mich besucht hatte und was ich mit wem gesprochen hatte.

Insbesondere konnte ich mir nicht merken, was medizinisch mit mir geschehen war. Ich wusste, ich hatte einen bzw. drei Schlaganfälle gehabt, aber ich wusste nicht, was dazu geführt hatte, weil ich die Zusammenhänge nicht verstehen und behalten konnte.

Diese Tatsache verunsicherte mich unglaublich und ich bat fast täglich meine Familie oder irgendeinen Arzt, mir den Sachverhalt dessen, was mit mir geschehen war, erneut zu schildern.

Meine Familie, vor allem mein Vater, erklärte mir jeden Tag aufs Neue, unermüdlich immer und immer wieder den genauen Sachverhalt. Irgendwann nahm mein Vater einen Schreibblock zur Hilfe und malte mir alles auf. Das half. Von da an konnte ich den medizinischen Vorgang im Großen und Ganzen verstehen und in einfachen Worten bzw. Sätzen selbst darstellen.

Ich begriff, dass eine Hauptschlagader in meinem Kopf gerissen war und in Folge drei Schlaganfälle verursacht hatte. Es kam jedoch dennoch sehr häufig vor, dass ich nicht in der Lage war, mich an diesen Vorgang zu erinnern, geschweige denn, ihn darzustellen, weil mir schlichtweg die Worte sowie die Inhalte fehlten. Es kam sogar vor, dass mir nicht einmal das Wort ‚Schlaganfall' einfiel.

Mein linkes Augenlid hing herunter, so dass es das Auge etwa zur Hälfte bedeckte. Auch konnte ich links nur schlierig, wie durch Nebel hindurch, sehen. Wenn die Sonne in mein Zimmer schien, bekam ich sofort stechende Kopfschmerzen und ich sah fast gar nichts mehr. Alles wurde schlierig und von hellen Flecken durchzogen. Auch helles Licht führte zu diesem Effekt, was dazu führte, dass ich das Krankenhaus während des Tages nicht verlassen konnte. In Begleitung meines Mannes samt Tropfes und Computer, spazierte ich das ein oder andere Mal rund um die Klinik, wobei ich, je nach Wetterlage, zeitweise so gut wie blind durch die Gegend stolperte und mich am Arm meines Mannes festklammern musste.

Schreiben fiel mir schwer, weil meine rechte Hand sich irgendwie ungelenk anfühlte und ich nur mit Mühe einen Stift halten konnte. Auch meine Schrift erkannte ich nicht als die meine wieder, sie war mir fremd. Die Worte, die ich schrieb, waren mir ebenfalls fremd. Ich schrieb sie intuitiv und sah sie mir anschließend an, ohne zu wissen und beurteilen zu können, ob ich sie richtig oder falsch geschrieben hatte. Das geschriebene Wort war total fremd für mich geworden, jedoch konnte ich sowohl lesen als auch schreiben.

Schwindel und Kopfschmerzen waren meine ständigen Begleiter, sobald ich das Bett verließ. Dennoch konnte ich mich ohne Hilfe frei innerhalb meines Zimmers bewegen, soweit dieses mit einem Dauertropf, samt Computer und Alarmanlage, eben möglich war.

Meine Beine trugen mich irgendwie nicht mehr wie früher. Sie waren zitterig und kraftloser als vorher, jedoch trugen sie mich. Ich konnte gehen.

Der Geruchssinn war stark eingeschränkt, was ich aber erst nach einer Woche bemerkte. Von einer Sekunde zur anderen war der Geruchssinn plötzlich wieder voll funktionsfähig und ich nahm den typischen Krankenhausgeruch und den der Blumen in meinem Zimmer wahr.

„Das ist alles?" Denken Sie nun? Ja, das war in der Tat alles, was drei Schlaganfälle an mir hinterlassen hatten. Statistisch gesehen hatte ich sehr gut abgeschnitten, wenn man bedenkt, dass von mehr als 200.000 Menschen, die jährlich einen Schlaganfall erleiden, jeder fünfte Betroffene stirbt und nur 23% aller Schlaganfallpatienten wieder völlig gesund werden. (Diese Zahlen sind einer Statistik der Deutsche Schlaganfallhilfe entnommen.)

Die Ärzte, das Pflegepersonal, sowie jeder meiner Besucher erklärten mir, welch großes Glück ich gehabt hatte. Alle Fähigkeiten, wie gehen, lesen, sehen, sprechen, denken, die ich kurzzeitig verloren hatte, hatten sich schon nach ganz kurzer Zeit von alleine wieder eingestellt. Übriggeblieben waren nur die oben beschriebenen Restbestände. Jedenfalls glaubte ich das zu dieser Zeit. Viel später, während der Rehabilitationszeit und zu Hause entdeckte ich weitere Hemmnisse, die mir zu diesem frühen Zeitpunkt gar nicht auffielen. Aber davon an entsprechender Stelle später im Buch dann mehr.

Ich selbst konnte zu dieser Zeit jedoch das Glück, das ich nach Aussage aller gehabt hatte, nicht nachvollziehen. Im Gegenteil, ich konnte es nicht mehr hören, das mit dem Glück und dem ‚dankbar sein sollen'. „Was an meinem Zustand ist Glück", fragte ich mich voller Bitterkeit. „Ist es Glück nicht richtig sprechen zu können, sich nichts merken zu können, nicht richtig sehen zu können? Sich so schlecht und hoffnungslos zu fühlen? Zu wissen, ich hatte einen Schlaganfall und es wird wahrscheinlich nie wieder so sein wie vorher. Was daran ist Glück?"

Ich entwickelte eine unglaubliche Wut und richtete sie auf den aus, dem ich diesen Zustand zu verdanken glaubte, meinem Gott, an den ich bis zu diesem Ereignis geglaubt hatte, dem ich vertraut hatte, seit ich denken konnte. „Warum", fragte ich immer und immer wieder, ohne eine Antwort zu finden.

Seit der Einlieferung ins Krankenhaus hatte ich mit dem täglichen abendlichen Beten aufgehört. Erstmals im meinem Leben hatte ich mich von meinem Gott und meinem Glauben in großem Unverständnis, Ratlosigkeit und Enttäuschung abgewandt. Hinzu kamen die Verzweiflung und die Angst. Ich hatte panische Angst, dass sich mein derzeitiger Zustand nicht verbessern würde und ich unter diesen Umständen nicht mehr würde arbeiten können. Mit allem Herzblut, soviel Kraft, Zeit, Geld und Energie hatten mein Partner und ich in den vergangenen elf Jahren ein gutgehendes Immobilienbüro aufgebaut und dahin sollte ich möglicherweise nie mehr zurückkehren können? Wie sollten wir ohne mein Einkommen finanziell zurechtkommen? Wie würde ich in diesem Zustand mit dem alltäglichen Leben fertig werden? Würde mein Partner die Firma ohne mich überhaupt weiterführen können oder würde es möglicherweise auch ihm und damit seiner Familie die wirtschaftliche Grundlage entziehen? Während ich mir regelmäßig und immer wieder all diese Fragen stellte, geriet ich jedes Mal in einen panischen Zustand. Mein Herz fing an zu rasen, mir brach der Schweiß aus und ich hatte das Gefühl nicht richtig durchatmen zu können. Nach mehreren dieser Panikanfälle beschloss ich, mir diese Gedanken zu verbieten, was mir auch erstaunlich gut gelang. In diesen ersten zwei Wochen nach dem Schlaganfall erlernte ich die Fähigkeit, unliebsame bzw. unerträgliche Gedanken einfach nicht zu denken, sie zu verdrängen. Von diesem Moment an fragte ich meinen Kollegen, der mich trotz enormer beruflicher Belastung täglich besuchte, nicht ein einziges Mal mehr nach Ereignissen oder Sachständen aus dem Büro. Stillschweigend hatte er meine Taktik durchschaut und von diesen Tagen an erzählte er nicht mehr ein einziges Wort, das sich auf unsere Firma bezog. Auch während der gesamten Rehabilitationszeit hielt er sich konsequent an diese unausgesprochene Vereinbarung, wofür ich ihm heute unendlich dankbar bin. Auf diese Weise hatte ich den Kopf frei fürs Gesundwerden und das war richtig und wichtig. Auch in diesem Punkt hatte ich wohl wieder ‚Glück gehabt‘.

Ich klammerte mich permanent an den Gedanken, dass ich aus dem Krankenhaus entlassen, in mein ‚altes Leben' zurückkehren würde. Hier war der Wunsch der Vater des Gedanken. Ich konnte und wollte zu diesem Zeitpunkt noch nicht akzeptieren, dass mein Leben sich vollkommen ändern würde. Heute weiß ich, es gibt ‚das Leben davor' und ‚das Leben danach'.

Die Phase der totalen Verzweiflung, und hier liegt die Betonung auf ‚totalen', hatte ich zu diesem Zeitpunkt weitgehend hinter mich gebracht. Nun setzte nach und nach die Phase des Kampfes ein.

Ich wollte wieder ganz gesund werden und dieser Wille wuchs von Tag zu Tag. Aus diesem Willen heraus kam die Idee, mich selbst zu rehabilitieren bzw. zu therapieren. Im Krankenhaus fand leider keinerlei Frührehabilitation statt. Ebenso auch keine psychologische Betreuung oder auch nur ein aufklärendes oder beratendes Gespräch.

Ich ließ mir von zu Hause mein Strickzeug und meinen Laptop (tragbarer kleiner Computer) ins Krankenhaus mitbringen und das Training begann.

Ich begann, Strümpfe nach schriftlicher Anleitung zu stricken. Während der letzten Monate hatte ich für die ganze Familie Strümpfe gestrickt und mir selbst eine Strickanleitung dazu erarbeitet und geschrieben. Anhand dieser Anleitung begann ich nun zu arbeiten bzw. zu stricken. Ich kann Ihnen sagen, es war eine Tortur. Ich verstand meine selbstgeschriebene Strickanleitung nicht und musste sie teilweise bis zu fünfmal lesen, um den einzelnen Arbeitsgang zu verstehen und das Gelesene dann umzusetzen. Auch das Stricken an sich fiel mir zunächst sehr schwer, denn es erforderte unglaubliche Konzentration, konzentriertes Sehen sowie die Feinmotorik der Hände. All dies bereitete mir Probleme, so dass schon nach wenigen Minuten stechende Kopfschmerzen und Schwindel einsetzten. Dennoch gab ich nicht auf. Sobald es mir wieder besser ging, holte ich das Strickzeug wieder hervor und arbeitete weiter. Am Ende der zweiten

Krankenhauswoche hatte ich einen Strumpf fehlerlos fertiggestrickt. Das war ein sehr schönes Erfolgserlebnis.

Durch die Strickerei nach Anleitung hatte ich verschiedene kognitive Fähigkeiten gleichzeitig trainieren können und ich merkte, dass ich immer ausdauernder wurde. Das wiederum motivierte mich, weiterzumachen.

Mit dem Laptop machte ich es ebenso. Nachdem ich festgestellt hatte, dass ich das Schreiben an der Tastatur nicht verlernt hatte, sondern nur deutlich langsamer geworden war, begann ich Tagebuchaufzeichnungen zu schreiben. Ich trainierte auch hier wieder die Konzentrations- und Sehfähigkeit sowie die Feinmotorik. Wobei ich anmerken muss, dass ich die ersten Male gar nicht in der Lage war, das Gerät überhaupt anzuschalten, weil ich vergessen hatte, wie die Kabelverbindungen gesteckt sein mussten und welche Tasten ich bedienen musste. Erst nach mehrmaligen Versuchen mit Hilfe meines Kollegen konnte ich den Laptop dann eigenständig bedienen.

Die Arbeit am Bildschirm fiel mir jedoch sehr sehr schwer, weil die Augenbewegungen ganz schnell zu Schwindel und Kopfschmerz führten. Manchmal war ich nur maximal 5 Minuten in der Lage, zu schreiben. Dann begann das Bild so zu verschwimmen, dass ich nichts mehr erkennen konnte.

Auch das ausdauernde Lesen und Schreiben übte ich bei jeder sich bietenden Gelegenheit. Da ich wegen des fehlenden Kurzzeitgedächtnisses sowieso nichts behalten konnte, fing ich an, mir alle Fragen an die Ärzte, Gedanken und Ideen auf einem Block zu notieren, der zur permanenten Dekoration meines Nachttisches geworden war. Im Verlauf der Tage merkte ich, wie das handgeschriebene Wort mir wieder vertrauter wurde. Auch der Stift lag nicht mehr so ungelenk in meiner Hand wie zu Beginn.

In Büchern oder Zeitschriften konnte ich zunehmend mehr und länger lesen.

Auf diese Weise begann ich in Eigeninitiative meine Rehabilitation und heute darf ich wohl zu Recht sagen, dass ich ziemlich stolz auf mich bin, diesen anstrengenden und teilweise bis an die Grenzen gehenden Weg der Selbstbehandlung in dieser frühen Krankheitsphase gegangen zu sein.

Wie viel leichter wäre es für mich gewesen, hätte es im Krankenhaus Fachpersonal für die Frührehabilitation gegeben.

An dieser Stelle möchte ich einfügen, dass es mir in den zwei schweren Krankenhauswochen, die ich hinter mir hatte, unglaublich gut tat festzustellen, dass unser Familien- und Freundesnetz funktionierte. Diese Erfahrung kann ich in die Kategorie ‚die schönsten Erfahrungen des Lebens' einsortieren. Es war in der Tat wunderbar zu fühlen, dass sich alle, egal ob Freunde oder Familie (auch weitläufig), um uns sorgten und kümmerten. Sich ehrlich und aktiv mit Rat und Tat um mich, als auch um meinen Mann und die Kinder kümmerten. Diese wunderbare Erfahrung konnte ich in aller Kostbarkeit jedoch erst viel später, während der Rehabilitationszeit, empfinden, insbesondere als ich die Erfahrung machte, dass andere Patienten sehr einsam waren, weil sie von denen verlassen wurden, die sie für ihre Freunde gehalten hatten.

Der vierzehntägige Krankenhausaufenthalt erstreckte sich über die Osterfeiertage, so dass ich das zweifelhafte Vergnügen hatte, von insgesamt sechs verschiedenen Ärzten betreut zu werden, wobei ‚betreut' vielleicht nicht unbedingt das treffende Wort ist. Dazu zwei Episoden, die ich erlebte und die mich unglaublich verunsicherten.

Während der Ostertage kam eine, mir bis dahin unbekannte, Ärztin zur morgendlichen Blutentnahme und Visite in mein Zimmer und befragte mich nach meinem Befinden und: „Was machen die

Lähmungen?" Ich fragte total erschrocken: „Welche Lähmungen? Ich habe keine Lähmungen." Darauf antwortete sie: „Ach so" und verließ das Zimmer. Ich sah sie nie wieder. Der Schreck saß mir jedoch noch eine Weile in den Gliedern.

Zu einem anderen Zeitpunkt befragte ich eine Ärztin, die mir bereits mehrfach Blut entnommen hatte, bei der morgendlichen Visite, ob sie mir erklären könne, was ich bei der Blutverdünnung durch Heparin oder Marcumar berücksichtigen müsse. Hintergrund war, dass meine Schwiegermutter mir erklärt hatte, dass ich beachten müsse, grünes Gemüse und manche Früchte sowie Salate nur in Maßen zu genießen, da diese durch Vitamin K das Blut wieder ungewollt verdicken würden. Die Ärztin konnte mir das spontan nicht erklären, versprach mir jedoch, sich kundig zu machen. Später am Tag brachte sie mir ein Faltblatt mit Informationen zur Einnahme von Marcumar. Das war's. Gut, dass ich lesen konnte und in der Lage war, das Geschriebene zu verstehen. So bestätigte sich genau das, was meine Schwiegermutter mir bereits erklärt hatte und ich konnte von nun an meine Mahlzeiten entsprechend auswählen.

Hätte ich das eher gewusst, wäre die Blutverdünnung möglicherweise viel schneller erfolgt, denn ich hatte mich in den vergangenen Tagen fast ausschließlich von Gemüse und Salat ernährt.

Einen der sechs Ärzte, der auf mich einen kompetenten Eindruck machte, fragte ich mehrfach, ob die durch die Schlaganfälle verursachten Beeinträchtigungen wieder vergehen würden. Der Arzt versicherte mir, dass ich gute Chancen hätte, meine Beschwerden möglicherweise komplett zu kompensieren. Ich klammerte mich natürlich an diese Hoffnung, insbesondere weil ich unbedingt wieder in meine Firma zurückkehren wollte. Ich hatte das Gefühl, dieser Arzt verstand mich, denn er erkannte die Problematik der Selbständigkeit: Wenn kein Geld in die Firma hineinverdient wird, kann sie auch keines bei lang andauernder Krankheit auszahlen. In einem 2 – Mann

- Betrieb (abgesehen vom Sekretariat) würde bei meiner Abwesenheit immerhin die Hälfte des Personals ausfallen.

Somit klammerte ich mich mit aller Macht an den Gedanken, alles würde in Kürze wieder wie früher sein. Doch dann kam die Chefarztvisite! Haben Sie schon einmal eine Chefarztvisite erlebt? Ich habe lange überlegt, womit man eine derartige Chefarztvisite vergleichen kann, aber ich glaube, die ist unvergleichlich. Da öffnet sich stürmisch die Krankenzimmertür und das Zimmer wird im wahrsten Sinne des Wortes gestürmt. Als erstes vornan natürlich der Chef, um den sich der Rest der Truppe mit leichter Distanz formiert. Sprechen darf nur, wer vom Chef aufgefordert wird, ansonsten hat er selbst das Wort. Das unwidersprochene Wort. Und dieses richtete er bei besagter Chefarztvisite an mich. An den Beginn dieses ‚Gesprächs' kann ich mich nicht mehr erinnern, wohl angesichts der Tatsache, dass er mir plötzlich vorschlug, was ich davon hielte, wenn er mir bescheinigen würde, künftig nur noch halbtags berufsfähig sein zu können. Ich sah ihn voller Entsetzen an und fragte: „Aber dass ich selbständig bin, wissen Sie?" Betreten schaute er in seine Akten. Hatte er es nicht gewusst? Hilfesuchend sah ich den Arzt an, der mir in der Vergangenheit solchen Mut gemacht hatte. Doch dieser schwieg.

Eine weitere Begegnung dieser besonderen Art ereignete sich an meinem letzten Krankenhaustag. An diesem Tag erwartete ich die zweite und letzte Chefarztvisite, um die Entlassungserlaubnis zu erhalten. Wieder rauschte die weiße Truppe mit wehenden Kitteln ins Zimmer. Wieder sprach der Chef. An diesem Tag jedoch deutlich unterkühlter als beim vorherigen Mal. Vielleicht machte er es mir zum Vorwurf, dass er nicht von meiner Selbständigkeit gewusst hatte und sich möglicherweise vor seinem Team blamiert hatte?

Als erstes warf er mir vor, meinen Kreislauf nicht unter Kontrolle zu haben. Es sei schließlich völlig ungewöhnlich, einen Schlaganfallpatienten mit zu niedrigem Blutdruck zu haben. Mein Blutdruck bewegte sich in dieser Zeit häufig in den Bereichen von beispielsweise 90 zu 70 oder ähnlich. Dann machte er mich für mein Adersystem verantwortlich, das offensichtlich nicht in ordnungsgemäßer Form reagierte und Ersatzwege für das Blut schuf.

Als ich vorsichtig ansprach, dass ich 14 Tage liegend verbracht hatte und der Blutdruck möglicherweise steigen würde, angesichts der Bewegung, wenn ich erst mal wieder auf den Beinen sei, rastete er im wahrsten Sinne des Wortes regelrecht aus. In deutlich aggressiver Weise fragte er mich, ob ich mir überhaupt der Gefahr von zu niedrigem Blutdruck bewusst sei. War ich natürlich nicht, hatte mir in den vergangenen vierzehn Tagen keiner der sechs Ärzte erklärt, ganz zu schweigen von ihm selbst. Er sprach von Blutleere im Gehirn durch den niederen Blutdruck und dem daraus folgenden möglichen erneuten Schlaganfall durch die Unterversorgung mit Blut.

Dann fragte er mich, was ich denn unter ‚Bewegung' verstehen würde. Ob ich etwa direkt wieder mit Joggen beginnen wolle. Das sei dann erst recht der Auslöser eines neuen Schlaganfalls.

Um das Gesagte pädagogisch abzurunden, verordnete er mir abschließend Stützstrümpfe, diese Gummischläuche, die der Traum jeder Frau unter 80 sind. Solche Strümpfe sollte ich also in Zukunft tragen mit der diagnostischen Begründung: „Damit Sie das Blut im Kopf und nicht in den Beinen haben."

Nach dieser Visite saß ich auf meinem Bett und die Angst vor einem neuen Schlaganfall war wie ein Hammerschlag in aller Schwere wieder da. Ich weinte und zitterte am ganzen Körper. So wie ich den Arzt verstanden hatte, befand ich mich durch meinen zu niedrigen Blutdruck also in ständiger Gefahr, einen neuen Schlaganfall zu erleiden. Es war ein unbeschreiblicher Schock, der totale Hilflosigkeit und Verzweiflung auslöste. In diesem Zustand würde ich nun das Krankenhaus verlassen, denn ich hatte die Entlassungserlaubnis für diesen Tag erhalten.

Gott sei Dank kam dann einer der Ärzte aus der Visitenrunde zurück ins Zimmer. Er setzte sich in einer sehr herzlichen Geste zu mir aufs Bett und sagte mir, er könne sich das Verhalten seines Chefs nicht erklären. Dieser sei ein unglaublich kompetenter Arzt, jedoch zwischenmenschlich hin und wieder eine ebensolche Niete. Weiter sagte er, dass mein Blutdruckproblem gar nicht so schlimm sei, wie der Chef es gemacht habe. Ich solle darauf achten, beispielsweise nicht plötzlich aus dem Liegen aufzuspringen oder ähnliche Aktionen durchzuführen, die eine Blutleere im Gehirn verursachen könnten. Wenn ich mich entsprechend umsichtig verhalten würde, sei das Blutdruckproblem ein kontrollierbarer Risikofaktor.

Zu den Stützstrümpfen bemerkte er, diese seien ausschließlich in Extremsituationen nötig. Ansonsten eine total übertriebene Maßnahme.

Die Strümpfe erhielt ich auf Rezept als Strumpfhose, maßangefertigt zum Preis von 109 Euro. Ich habe sie bisher kein einziges Mal getragen.

Vor diesem Arzt, der den Mut hatte, eine andere Meinung als sein Chef zu haben und diese auch noch vor mir, dem Patienten auszusprechen, ziehe ich noch heute den Hut. Ein verantwortungsbewusster und insbesondere einfühlsamer, mutiger Arzt. Wie schön, dass es solche Menschen gibt.

Er hatte mir in dieser Situation sehr geholfen, jedoch blieb die Restangst, denn der Gedanke an die möglichen Folgen des niederen Blutdrucks war nun in meinem Kopf und ließ sich nicht einfach abstellen.

In diesem Unsicherheitsgefühl wurde ich nun für einen Tag nach Hause entlassen, bevor ich in die Rehaklinik fahren würde.

Dem oben genannten Chefarzt möchte ich an dieser Stelle aber fairerweise auch ein Lob aussprechen. Hierfür gibt es zwei Gründe. Der erste Grund ist der, dass ich mich zunächst weigerte, eine Rehaklinik zu besuchen. Ich wollte auf Biegen und Brechen nach Hause und in mein altes Leben zurück. Ich bildete mir ein, dass alle meine Beschwerden sich von alleine bessern würden, wenn ich erst wieder zu Hause, in meiner vertrauten Umgebung und in meinem Büro sei. Glauben Sie mir, ich war in der Tat von diesem Gedanken überzeugt. Kein noch so gutes Argument meiner Familie oder auch der Sozialarbeiterin, die den Rehaantrag stellen sollte, überzeugte mich. Ich weigerte mich strikt. Bis besagter Chefarzt an einem meiner letzten Krankenhaustage in Begleitung der Sozialarbeiterin außerhalb der üblichen Visite in mein Zimmer stürmte, wobei stürmte noch harmlos ausgedrückt sei. Er stand am Fußende meines Bettes und donnerte los, ich sei wohl dermaßen durch den Schlaganfall in meinem Denken gehindert, dass ich offensichtlich nicht einschätzen könne, wie wichtig und nötig eine Rehamaßnahme für mich sei. Wie ich mir meine Zukunft und insbesondere meine Arbeitsfähigkeit im derzeitigen Zustand denn vorstellen würde. Die Rehamaßnahme sei zwingend nötig und ich möge auf der Stelle den Antrag hierzu unterzeichnen. Sprach's und stürmte wieder aus meinem Zimmer.

Sprachlos aber aufgerüttelt ließ ich erstmals Zweifel an meiner sturen Haltung aufkommen.

Am gleichen Tag besuchte mich meine mir sehr nahestehende einzige Schwester. Die war von der Familie (wie ich später erfuhr) abgeordnet, mich von der Notwendigkeit einer Rehamaßnahme zu überzeugen.

Sie hatte ein relativ leichtes Spiel, denn ich muss sagen, dass mich die Hammermethode des Chefarztes so ziemlich überzeugt hatte. Somit willigte ich in eine Rehamaßnahme ein und unterzeichnete den entsprechenden Antrag. Der Antrag belief sich auf drei Wochen und ich überzeugte mich selbst mit der Argumentation: „Was sind drei Wochen gegen ein ganzes Leben". Diese drei Wochen würde ich auch noch irgendwie hinter mich bringen.

Das zweite Lob verdiente sich der Chefarzt durch die Auswahl der Rehaklinik. Er hatte sich große Mühe gemacht und recherchiert, welche Klinik für mich, meine Beeinträchtigungen und mein Alter die richtige sein könnte. Mit dieser Wahl hatte er wirklich voll ins Schwarze getroffen und mir dadurch letztendlich doch noch sehr geholfen.

Chronologisch geht es nun so weiter, dass ich am 22. April aus dem Krankenhaus entlassen wurde und für einen Tag zum Packen nach Hause kam. Meine Mutter hatte gottlob gewaschen, was das Zeug hielt, und so konnte ich (fast) den gesamten Inhalt meines Kleiderschrankes in drei Koffer verfrachten.

Dank guter Kontakte erhielt ich kurzfristig einen Frisörtermin sowie einen Augenarzttermin, der mir vom Krankenhaus aus dringend empfohlen worden war. Auch musste ich an beiden Tagen den Quickwert (Blutdünne / Gerinnungsfaktor) meines Blutes bei meinem Hausarzt messen lassen, um die Marcumardosis (Blutverdünner) für den jeweiligen Tag festlegen zu lassen.

Diese drei Termine an einem Tag waren für mich eine totale Überforderung. Das drückte sich letztendlich darin aus, dass ich neben den mir bekannten Belastungssymptomen plötzlich das Pulsgeräusch wieder im linken Ohr hörte. Auch der Schwindel und die Beeinträchtigung des Sehens waren viel stärker als während meiner Krankenhauszeit.

Zusätzlich hatte ich erstmals abwechselnd in beiden Beinen leichte Taubheitsgefühle.

Die Belastung in Verbindung mit den beschriebenen Symptomen führte zu einer schlimmen psychischen Unsicherheit. Die Angst vor einem neuen Schlaganfall war plötzlich so groß, dass ich sie kaum bewältigen konnte. Ich konnte es gar nicht abwarten, endlich in die Sicherheit der Rehaklinik zu kommen. An diesem ersten Tag außerhalb der ‚Sicherheitszone Krankenhaus‘, zu Hause, wurde mir sehr deutlich klar, dass ich es ohne die Rehamaßnahme nicht ins normale Leben zurückschaffen würde. Ich hatte die psychische Belastung durch die übergroße Angst vor einem neuen Schlaganfall völlig unterschätzt.

Die Rehabilitationszeit

Am 24. April brachte mich mein Mann in die Rehaklinik.

Nach zweistündiger anstrengender Autofahrt erreichten wir die im Randgebiet des Sauerlandes liegende Klinik, in der ich die nächsten Wochen verbringen sollte.

Mir war sehr zwiespältig zumute. Einerseits war ich froh, wieder in einen ‚Sicherheitsbereich‘ hineinzukommen. Andererseits war ich niemals in meinem Leben länger als ein paar Tage alleine von zu Hause fort gewesen. Ich hatte schon zu diesem Zeitpunkt großes Heimweh und mochte mir nicht vorstellen, dass mein Mann schon wenige Stunden später ohne mich nach Hause fahren würde.

Die Aufnahme in die Rehaklinik erfolgte wie in einem Krankenhaus.

Nach der Aufnahme meiner Daten durch eine sehr unpersönlich und kalt wirkende Sekretärin, sollte mir ein Zweibettzimmer gemeinsam mit einer zwanzigjährigen Patientin zugewiesen werden.

In dem Prospekt der Klinik hatte gestanden ‚Zimmer mit Hotelcharakter‘ und in einem Telefonat mit dem Sekretariat der Klinik hatte man mir bestätigt, dass es sich um Einzelzimmer handele. Davon war ich zwingend ausgegangen, da ich aus der Krankenhauserfahrung wusste, wie nötig ich die Möglichkeit des physischen und emotionalen Zurückziehens benötigte.

Außerdem war ich zeit meines Lebens ein Individualist, mit dem dringenden Bedürfnis nach Alleinsein, gewesen.

Es war eine Horrorvorstellung für mich, die gesamte Rehazeit, Tag und Nacht, mit einer mir fremden Person, dazu noch im Alter meines Sohnes, auf einem Zimmer verbringen zu müssen.

Als ich also von besagter Sekretärin in ein Zweibettzimmer ‚gelegt' werden sollte, begann ich spontan heftig zu weinen. Ich stand auf und sagte zu meinem Mann, ich würde hier nicht bleiben und mit ihm zurück nach Hause fahren und eine andere Rehaklinik suchen.

Die Sekretärin bemerkte offensichtlich, dass es mir absolut Ernst war mit meiner Äußerung und versuchte mich zu beruhigen. Sie bat um einen Moment Organisationszeit und wenige Minuten später hatte ich ein Einzelzimmer.

Im übrigen lernte ich während der folgenden Rehazeit niemanden kennen, der in einem Zweibettzimmer lag. Alle Patienten, mit denen ich sprach, hatten Einzelzimmer und es war niemandem bekannt, dass es überhaupt Zweibettzimmer gab, außer bei den Schwerstbehinderten auf den intensiven Pflegestationen.

Meine Stimmung war nach dieser Aufnahme, wie Sie sich denken können, auf dem Nullpunkt angekommen. Ich weinte und weinte und konnte überhaupt nicht aufhören. Es war so eine abgrundtiefe Verzweiflung und Hilflosigkeit in mir, die durch die Tränen unaufhaltsam aus mir herausfloss und doch keine Erleichterung brachte.

Organisatorisch ging es nun mit einer EKG - Untersuchung weiter und dann mit der Einführungsuntersuchung beim Chefarzt der Klinik. Dieser untersuchte mich sehr gründlich, sowohl körperlich als auch geistig. Es war mir sehr peinlich, dass ich gar nicht oder nur mit Mühe, einfache Rechen- oder Denkaufgaben lösen konnte. Immer wieder musste mir mein Mann beim Reden helfen, wenn mir die Worte fehlten oder ich beispielsweise Krankheitssymptome nicht benennen konnte, weil ich mich nicht erinnern konnte.

Am Ende der Untersuchung bescheinigte mir der Professor wieder einmal das ‚Glück', das ich gehabt hatte und schlug mir eine Rehabilitationszeit von zunächst einmal vier Wochen in seiner Klinik vor.

Ich reagierte sehr impulsiv, mit einem klaren: „Nein". Mein Antrag hatte eine Zeitdauer von drei Wochen beinhaltet und auf diese Zeitdauer hatte ich mich emotional eingestellt. Angesichts des Heimwehs, das ich schon im Vorfeld hatte, konnte ich mich mit dem Gedanken, noch eine weitere Woche bleiben zu müssen, überhaupt nicht identifizieren.

Sehr deutlich erklärte ich dem Professor, dass ich, angesichts meiner Beeinträchtigungen, eine Zeitdauer von drei Wochen für ausreichend hielte. Ich sei jung, leistungsfähig und motiviert, schnell gesund zu werden und dieses würde ich in drei Wochen erreichen. Ich war selbst überrascht, mit welcher Entschlossenheit ich von dieser Tatsache überzeugt war und sie zum Ausdruck brachte. Der Professor lächelte leicht ironisch und blickte meinen Mann mit einem Gesichtsausdruck an, der deutlich besagte: „Kommt Zeit kommt Rat, warten wir's ab, sie wird es schon noch einsehen." Zunächst blieb es jedoch bei den beantragten drei Wochen und ich wusste zu diesem Zeitpunkt ganz sicher, ich würde keinen Tag länger bleiben und, um es vorweg zu nehmen, ich tat es auch nicht. Auf den Tag genau drei Wochen später verließ ich die Klinik.

Eine interessante, ja eigentlich auch amüsante Episode der ärztlichen Eingangsuntersuchung möchte ich noch kurz schildern.

Als ich dem Professor erzählte, dass sich das Pulsgeräusch in meinem Kopf am ersten Abend nach meiner Entlassung aus dem Krankenhaus wieder eingestellt habe, sah er meinen Mann und mich abwechselnd bzw. nacheinander an und fragte: „Was haben sie denn Besonderes gemacht?" Ich war ja geistig ziemlich beschränkt zu dieser Zeit, aber diese Anspielung hatte ich dennoch verstanden. Mein Mann wohl ebenso, denn wir antworteten beide errötend wie

Schulkinder: „Nichts". Und das stimmte auch. Wir hatten nicht einmal einen Gedanken an dieses „Nichts" verschwendet.

Jetzt, im Nachhinein, finde ich die damalige Situation recht lustig. Damals war sie mir blöderweise total peinlich. Und angesichts dieser peinlichen Anspielung, die mich völlig irritierte, erzählte ich nichts von den tatsächlichen Belastungen des damaligen Tages durch die zwei Arztbesuche und den Frisörtermin, die mit Sicherheit Auslöser dieser Symptomatik, in Verbindung mit meiner Unsicherheit und Angst, waren.

Insgesamt war die Aufnahme in die Klinik sehr anstrengend für mich, auch angesichts der Tatsache, dass wir bereits zwei Stunden Anfahrtszeit hinter uns hatten.

Später brachte uns ein sehr warmherziger und sympathischer Zivildienstleistender zu meinem Zimmer. Trotz seines Alters fand er erstaunlich tröstende und herzliche Worte für mich.

In meinem Zimmer angekommen, erwartete mich dann endlich einmal eine schöne Überraschung, denn das Zimmer war in der Tat eines mit Hotelcharakter. Es war hell, modisch, gemütlich, komfortabel und bot einen herrlichen Blick in die Grünanlagen der Klinik.

Ich war so erschöpft, dass mein erster Berührungspunkt des Zimmers das Bett wurde. Mein Mann half mir beim Auspacken und Einrichten und ließ mich etwas zur Ruhe kommen, sowohl physisch als auch emotional.

Da wir zum Mittagessen im Speiseraum erwartet wurden, gingen wir schließlich gemeinsam dorthin. Diesen ersten Gang in den Speiseraum werde ich niemals vergessen. Der erste Endruck schnürte mir im wahrsten Sinne des Wortes die Kehle zu. Überall waren behinderte Menschen und vor allem alte Menschen. In meinem derzeitigen Gemütszustand sah ich nur Alte und Schwerbehinderte. Ich weinte schon wieder, noch bevor das Servicepersonal die Gelegenheit hatte, uns anzusprechen.

Wir wurden dann in sehr warmherziger und freundlicher Weise an einen Tisch an die Rückwand des Raumes gebracht, so dass ich mit dem Rücken zu allen anderen Personen des Speiseraumes saß. Ich konnte also weiterweinen, ohne dass mich alle ansehen konnten. Ich konnte gar nicht aufhören zu weinen. Es ging einfach nicht. Gegessen haben mein Mann und ich letztendlich angesichts meiner Stimmungslage so gut wie gar nicht. Wir stocherten beide in unseren Essen herum, ohne einen Bissen hinunterbringen zu können. Die freundliche Dame von Service registrierte meine offensichtliche Seelenqual, denn sie kam zu uns an den Tisch und umarmte mich in sehr warmherziger, jedoch unaufdringliche Weise und sagte, sie könne meine Gefühle sehr gut nachempfinden, versicherte mir jedoch, dass das in spätestens zwei Tagen vorbei sei. Weiter versprach sie mir, mich an einen Tisch zu platzieren, an dem ausgesucht nette Tischnachbarn seien. Ich weinte dankbar weiter und mein Mann brachte mich zunächst zurück in mein Zimmer, damit ich mich emotional beruhigen konnte. Er brachte mich im wahrsten Sinne des Wortes dorthin, denn ich hatte mir weder merken können, auf welcher Etage sich mein Zimmer befand, noch welche Zimmernummer ich hatte. Als wir vor meiner Zimmertür standen sah ich, dass die Zimmernummer mein Geburtsdatum war. Zimmer 304, am 30.4. ist mein Geburtstag. Da hatte ich mal wieder ‚Glück‘ gehabt, denn nun konnte ich mir die Zimmernummer merken und musste mir keinen Erinnerungszettel schreiben.

Nachdem ich mich eine Weile ausgeruht und beruhigt hatte, schlug mein Mann vor, ein bisschen spazieren zu gehen, um das Umfeld kennen zu lernen.

So machten wir uns auf den Weg.

Draußen schien die Sonne. Für mich zu dieser Zeit die schlechteste Bedingung, denn ich sah so gut wie nichts. Festgeklammert am Arm meines Mannes stolperte ich halb blind durch die Gegend. Schon nach wenigen Gehminuten mussten wir uns auf eine Bank setzen und ausruhen, weil mein Kopf stechend schmerzte und Schwindel einsetzte.

Im Dorf kauften wir eine hübsche kleine, blühende Topfblume für mein Zimmer und gingen zurück zur Klinik. Das Spazierengehen bei Sonnenschein war eine richtige Tortur für mich und ich war froh, als ich wieder in meinem Zimmer war. Nun war der Zeitpunkt des Abschieds von meinem Mann gekommen. Ich brauche, glaube ich, nicht zu beschreiben, wie ich mich gefühlt habe und was ich gemacht habe, oder?

Jetzt war ich alleine. Und wie alleine. So alleine hatte ich mich niemals vorher in meinem Leben gefühlt. Alle Emotionen stürzten geballt auf mich ein. Die Krankheit, die Hilflosigkeit und die Hoffnungslosigkeit. Letztendlich die Einsamkeit, in fremder Umgebung unter fremden Menschen zu sein und so furchtbar weit weg von zu Hause.

Mein Mann hatte mir versprochen, am kommenden Wochenende zu Besuch zu mir zu kommen und ich dachte immerzu, dass das Wochenende nur einen Tag entfernt liege. Einen Tag alleine galt es vorläufig zu überstehen.

Gott sei Dank setzte nun der Tätigkeitsablauf der Klinik ein. Ich hatte somit wenig Zeit zum Grübeln.

Die Schwester der Station stellte mir sich und die Station vor und teilte mir die Termine für den kommenden Tag mit. Ich sollte am kommenden Tag dreimal zur Blutentnahme ins Schwesternzimmer kommen. Sie nannte mir die Uhrzeiten. Auf dem Weg zurück in mein Zimmer hatte ich die Uhrzeiten schon wieder vergessen. Ich ging zurück und ließ mir die Zeiten nochmals sagen. An meinem Zimmer angekommen, hatte ich diese wiederum vergessen. Schon war ich wieder den Tränen nahe und ich bat die Schwester mir die Uhrzeiten aufzuschreiben. Sie reagierte sehr freundlich, verständnisvoll und ausgesprochen herzlich, so dass ich mich sogleich viel besser fühlte.

Dann kam der Neuropsychologe, der in Zukunft mein Hauptansprechpartner und Therapeut werden sollte, zu mir ins Zimmer und befragte mich nach meinen Krankheitssymptomen und meiner persönlichen, familiären und beruflichen Situation. Er sprach die relativ kurz angesetzte Rehazeit von drei Wochen an und ich erklärte auch ihm, wie bereits dem Professor, dass ich jung und leistungsfähig genug sei, um in dieser Zeit die krankheitsbedingten Defizite aufzuarbeiten. Er möge mir bitte einen entsprechend zeitintensiven Therapieplan aufstellen.

Der Therapeut ließ sich angesichts meiner selbstbewussten Äußerung an diesem Tag nichts anmerken, sagte mir jedoch in unserem Abschlussgespräch drei Wochen später, dass er schon zum damaligen Zeitpunkt gewusst habe, dass ich das Ziel innerhalb dieser relativ kurzen Zeit erreichen würde, angesichts meines eisenharten Willens.

Nun aber chronologisch zurück zu meinem ersten Rehatag.

An der Pinnwand in meinem Zimmer waren die Essenszeiten aufgeschrieben und ich sah, dass es Zeit für das Abendessen um 17.30 Uhr war. Diesen Zeitplan musste ich während meiner ersten Rehawoche dreimal täglich bemühen, weil ich mir die Zeiten einfach nicht merken konnte.

Mir grauste davor, nun alleine in diesen schrecklichen Speiseraum gehen zu müssen, aber mir blieb keine andere Wahl. So ging ich mit total geschwollenen und rotgeweinten Augen erstmals alleine dorthin. Die nette Bedienung vom Mittag sah mich schon beim Eintritt in den Raum und kam sofort auf mich zu. Wiederum sehr herzlich fragte sie mich, ob es mir etwas besser gehe und führte mich zu meinem

Essplatz, an dem ich nun drei Wochen lang dreimal täglich meine Mahlzeiten einnehmen würde. Sie stellte mich den drei Herren vor, die bereits am Tisch saßen, und machte einige humorvolle Bemerkungen über mich, als weibliche Bereicherung der männlichen Tischgruppe.

Ich setzte mich zu den drei Männern, die schätzungsweise zwischen 55 und 65 Jahre alt waren und stellte mich kurz vor. Vorsichtig fragte ich, aus welchem Grund jeder von ihnen in der Klinik sei. Alle drei waren Schlaganfallpatienten. Zögerlich kamen wir ins Gespräch und jeder von ihnen erzählte mir kurz seine Krankengeschichte, für die ich mich interessierte. Leider hatte ich die jeweiligen Geschichten schon am nächsten Tag wieder vergessen, so dass ich sie mir immer mal wieder anhörte. Unter Gleichgesinnten ist das jedoch nicht tragisch, denn die anderen drei hatten auch so ihre Gedächtnisprobleme, was dazu führte, dass uns selten der Gesprächsstoff ausging. Wir konnten uns schließlich alles mehrfach erzählen.

Einer der Männer berichtete, er habe bereits den dritten Schlaganfall hinter sich und ich erzählte von meiner großen Angst vor einem neuen Schlag. Maximal sechs Schlaganfälle könne ein Mensch statistisch gesehen überleben, erklärte mir der Herr mit den drei Schlaganfällen, in dem ihm eigenen Humor, den ich in Zukunft noch genauer kennen lernen sollte. Er erzählte das mit einer gespielten Stärke und Überlegenheit, als wenn er nicht die Spur Angst vor einem weiteren Schlag hätte.

Ich fand das weder lustig noch informativ. Im Gegenteil, ich war ziemlich erschreckt, dass es offensichtlich normal ist, weitere Schlaganfälle zu bekommen. Vermutlich hatte mein direkter Sitznachbar, ein Rollstuhlfahrer, mein Erschrecken bemerkt, denn er sagte nun, dass mir eine solche Perspektive im Moment sicherlich wenig hilfreich sei und wechselte dann geschickt das Thema. Ich war ihm sehr dankbar für diese einfühlsame Hilfestellung und hatte von diesem Moment an eine andere Beziehung zu ihm als zu den anderen beiden Tischgenossen, die mir gegenüber saßen.

Nachdem ich eine halbe Scheibe Brot Bissen für Bissen hinuntergewürgt hatte, war ich letztendlich froh, die erste Mahlzeit hinter mich gebracht zu haben und ging zurück in mein Zimmer. Dort sah mich das Telefon förmlich mit Adleraugen an. Da ich mich emotional jedoch nicht in der Lage sah, mit meinem Zuhause zu telefonieren, hatte ich meinen Mann gebeten, den Kindern, meinen Eltern, meiner Schwester und meinem Kollegen zwar meine Telefonnummer durchzugeben und kurz Bericht zu erstatten, sie jedoch zu bitten erst am Folgetag anzurufen. Ich hätte am Telefon sowieso nur geweint vor lauter Heimweh und Verzweiflung. Alle befolgten sehr rücksichtsvoll diesen meinen Wunsch und so blieb das Telefon am ersten Abend ungenutzt.

Den kommenden Tag, Freitags, erwachte ich mit dem Gedanken, dass schon am nächsten Mittag mein Mann übers Wochenende zu mir zu Besuch kommen würde. Es galt also erst einmal, diesen heutigen Tag hinter mich zu bringen. Der Tag war angefüllt mit technischen Untersuchungen, Therapeutengesprächen, Blutentnahmeterminen und mehr. Er verging in der Tat recht schnell. Während der kurzen Zeiten, die ich zwischen meinen Terminen in meinem Zimmer verbrachte, telefonierte ich mit allen mir wichtigen Personen zu Hause. Es ging fast ohne Weinen, fast.

Den Abend verbrachte ich mit fernsehen und lesen.

Als ich das Licht gelöscht hatte und schlafen wollte, überkam mich plötzlich ein sonderbares Gefühl. Mein rechter Arm und mein linkes Bein fühlten sich plötzlich ganz gefühllos, schwer und kraftlos an. Ich hatte kaum die Kraft, den rechten Arm anzuheben, so bleischwer fühlte er sich an. Panikartig überkam mich wieder die große Angst, einen neuen Schlaganfall zu bekommen. Mein Herz raste, der Schweiß brach mir aus und mir wurde schwindelig. Ich legte mir die Klingelschnur griffbereit auf das Bett, um im Notfall nach der Schwester zu klingeln und zwang mich dann zur Ruhe. Ich legte mich ganz flach ins Bett und versuchte ruhig und gleichmäßig zu atmen und mich auf die Atmung zu konzentrieren. Als ich das Gefühl hatte, mich einigermaßen beruhigt zu haben, begann ich zu weinen und zu beten. Zwei Wochen lang hatte ich kein einziges Gebet mehr gesprochen, doch in diesem Moment der totalen Angst und Verzweiflung begann ich wieder zu beten. Ein Gebet so voller Intensität und Leidenschaft, wie ich es kaum vormals erlebt hatte. Zum Inhalt meines Gebetes möchte ich mich an dieser Stelle nicht äußern, weil ich das als meine ureigenste persönliche Angelegenheit betrachte. Jedoch bezog es sich auf das Johannesevangelium 15,7, worin es unter anderem heißt: „Bleibt ihr in mir und bleiben meine Worte in euch, dann bittet, um was ihr wollt, und es wird euch zuteil werden".

Der gesamte Teil dieses Evangeliums nach Johannes hatte mich bereits vielfach in meinem Leben geleitet und begleitet.

In Folge des Gebetes stellte ich mir wieder einmal die Frage nach dem ‚Warum'. Wie oft in den vergangenen Wochen hatte ich mir diese Frage gestellt. War ich so ein schlechter Mensch gewesen, dass mir diese Strafe Gottes auferlegt wurde. Ich fühlte mich unglaublich ungerecht behandelt. Wurde ich durch meine Berufsbezeichnung ‚Makler' doch schon von den Menschen unweigerlich in die Schublade für böse Menschen gepackt, hatte ich von meinem Gott etwas anderes erwartet.

Wie vielen bedürftigen Kunden hatten mein Kollege und ich in der Vergangenheit beispielsweise stillschweigend aus Notsituationen herausgeholfen, indem wir teilweise oder ganz auf unsere Provision verzichteten und obendrein noch Möbel oder sogar Arbeitsplätze beschafft hatten. Wie viel soziales Engagement hatten wir still und leise denen zukommen lassen, die es wirklich nötig hatten. Warum hatten wir in unserer Branche den ‚schlechten' Ruf: „Mit einem Gebetbuch in der Tasche macht man keine Geschäfte."

Warum wurde ausgerechnet ich so hart gestraft, wo es doch sicherlich viel schlechtere Menschen als mich gab.

Klar, ich hatte in meinem Leben jede Menge Fehler gemacht, aber macht die denn nicht jeder?

Zurück zur Chronologie.

Am kommenden Tag, meinem dritten in der Rehaklinik, dem Samstag, an dem mittags mein Mann kommen würde, passierte mir das Gleiche wie am Vorabend im Bett. Während eines Vortrages über Ernährungsfragen, den ich gemeinsam mit einer Reihe weiterer Patienten verfolgte, setzte plötzlich wieder diese Schwere im rechten Arm und dem linken Bein ein. Wieder wurde mir schwindelig und ich begann heftig zu schwitzen, mein Herz raste. Wie bereits am Abend zuvor bemühte ich mich über konzentrierte Atmung zur Ruhe zu kommen. Ich dachte mir, dass genug Menschen um mich herum säßen, die Hilfe holen würden, sollte ich ohnmächtig werden. Auch dieses Mal gewann ich den Kampf gegen die Ohnmacht bzw. die Panik. Als ich jedoch nach Beendigung des 45 minütigen Vortrags meinen Platz verließ und meine verkrampften Hände von den Stuhllehnen nahm, liefen Wassertropfen meines Schweißes an den Stuhllehnen hinunter.

Ich fühlte mich, als hätte ich Hochleistungssport betrieben und legte mich wieder flach aufs Bett, um mich auszuruhen, die Gehirndurchblutung zu unterstützen und auf meinen Mann zu warten, den ich kurz darauf in Tränen aufgelöst in Empfang nahm.

Die Zeit bis Sonntagnachmittag, gemeinsam mit meinem Mann, verging recht schnell. Da es nicht sonnig war, gingen wir viel spazieren. Ohne Sonne konnte ich so viel sehen, dass ich nicht am Arm meines Mannes festgeklammert gehen musste. Wir erkundeten die nähere Umgebung rund um die Klinik, die übrigens sehr ansprechend, weitläufig und idyllisch war.

Als die Zeit des Abschieds kam, dachte ich bei mir, dass ich von den einundzwanzig Rehatagen bereits vier hinter mich gebracht hatte, also fast ein Fünftel der gesamten Rehazeit. Das erleichterte mir die Situation. Außerdem war ich gespannt auf den Wochenbeginn mit allen meinen Therapien, deren Zeitplan ich bereits vorliegen hatte. Die Tage waren zeitlich ausgefüllt mit Anwendungen und würden wenig Raum und Zeit für Grübeleien lassen. Und so war es letztendlich auch.

Nachdem ich am Montagabend nach dem Abendessen alleine ein paar Runden durch den Kurpark spaziert war und mich nicht traute, das Klinikgelände zu verlassen, fragte ich am Dienstag nach dem Abendessen meinen direkten Tischnachbarn, den Rollstuhlfahrer, ob er Lust habe, mit mir etwas spazieren zu gehen. Dieser sah mich zwar recht überrascht an, stimmte aber gerne unter einer Bedingung zu. Ich dürfe ihn nicht schieben, sondern er wolle eigenständig rollen. Das konnte ich nachvollziehen, weil ich es vermutlich an seiner Stelle ebenso gemacht hätte, bei einer mir fremden Person. Der Stolz stirbt zuletzt, dachte ich bei mir. So machten wir nebeneinander gehend und rollend unseren ersten Abendspaziergang zum See, der etwa 15 Fußminuten von der Klinik entfernt liegt. Dort angekommen machten wir Pause auf einer Parkbank direkt am See. Mein Tischnachbar war unterwegs immer schweigsamer geworden und nun bemerkte ich, dass er vor Erschöpfung gar nicht mehr in der Lage war, zu sprechen. Ich war wohl zu schnell gegangen, hatte das jedoch nicht bemerkt. Er hatte es mit keinem Wort erwähnt, sondern tapfer in meinem Tempo durchgehalten. Der Stolz stirbt zuletzt, dachte ich erneut und sah die Schweißtropfen auf seinem Gesicht. Beschämt bin ich auf dem Rückweg entsprechend langsam und rücksichtsvoll gelaufen. Schieben durfte ich ihn ja nicht. Das war so abgemacht gewesen und ich hielt mich daran. An diesem unserem ersten Spazierabend hatten wir eine angenehme Unterhaltung geführt und uns gegenseitig aus unserem Umfeld zu Hause, den Familien und unseren Berufen berichtet. Es stellte sich heraus, dass auch er selbständig und somit in der gleichen Situation war wie ich. Es war sehr angenehm mit jemandem zu sprechen, der die Angst kannte, möglicherweise nicht wieder in die eigene Firma zurückkehren zu können. Da er schon seit sechs Wochen in der Rehaklinik und emotional wesentlich stabiler war als ich, empfand ich dieses erlebte Verständnis als ungeheuer wohltuend und beruhigend. An diesem Abend schlief ich mit einem Dankgebet ein, ein Danke dafür, dass ich jemanden zum Reden gefunden hatte.

Von nun an gingen bzw. rollten wir jeden Abend spazieren. Am zweiten Abend einigten wir uns auf den Deal, er rolle selbständig den Hinweg bis zum See und ich würde ihn auf dem Rückweg schieben. Am dritten Abend übernahm ich ungefragt die Führung und schob direkt von der Klinik aus los, was im übrigen für mich sehr angenehm war. Da mir häufig beim Gehen schwindelig war, insbesondere bei Sonnenschein, verlieh mir der Rollstuhl eine gewisse Sicherheit. Als ich meinem Tischnachbarn diesen Vorteil schilderte, war sein Stolz gerettet und er konnte sich ruhigen Gewissens von mir schieben lassen.

Während unserer abendlichen Spaziergänge erzählte ich immer wieder von meiner Angst vor einem neuen Schlaganfall. Eigentlich erzählte ich alles, was ich in den letzten drei Wochen emotional durchlebt hatte. Es war ungeheuer erleichternd, das alles auszusprechen und noch dazu einen Zuhörer zu haben, der diese Empfindungen vollkommen nachvollziehen konnte, weil er sie selbst erlebt hatte. Während unserer Gespräche weinte ich nicht ein einziges Mal. Jedoch empfand ich jedes Mal danach eine solche Erleichterung, die man sonst nach dem Weinen empfindet. Mit jedem Gespräch fühlte ich mich befreiter.

Nun muss ich hinzufügen, dass mein Tischnachbar ein wunderbarer Zuhörer war. Er hörte aktiv zu, ohne mich zu unterbrechen. Das, was er sagte und mir riet, war einfühlsam und half mir, die Situation und mich selbst besser zu verstehen. Insgesamt fühlte ich mich erstmals seit dem Schlaganfall von einem Menschen vollkommen verstanden. Mit jedem Satz merkte ich, dass er wusste wovon er sprach, denn er hatte es an sich selbst erfahren.

Ich kehrte mein Innerstes nach außen und wunderte mich selbst über diese für mich völlig untypische Eigenschaft der totalen Offenheit, denn schließlich kannte ich diesen Menschen mal gerade wenige Tage.

Ich empfand es sonderbar und befremdend, dass die Menschen, die sonst meine Vertrauten waren und die ich liebte, mir in dieser Situation weniger Gesprächspartner und damit Helfende sein konnten, als ein gleichgesinnter Fremder. Heute glaube ich, dass es ebendiese Konstellation ist, die es ausmacht. Zum einen der ‚Fremde‘, auf den man keine emotionalen Rücksichten nehmen muss. Und zum anderen der ‚Leidensgenosse‘, der weiß, wovon er spricht. Es ist der Erfahrungsaustausch, der so ungeheuer wichtig ist, und dieser kann nur unter Betroffenen stattfinden.

Der Neuropsychologe, der mich neben der Neuropsychologie gleichzeitig psychologisch betreute (leider gab es in der Klinik keinen Psychotherapeuten), hatte mir während der ersten Therapiesitzungen erklärt, dass sich das Gehirn angesichts eines erlebten Traumas Schritt für Schritt regeneriere.

Da ich psychisch unter enormem Druck, ja Schock bzw. Trauma stand, war ich in den ersten Tagen kaum therapiefähig. Ich merkte selbst, dass sich alles in mir fast ausschließlich um die Angst vor einem neuen Schlaganfall drehte.

Um so sensationeller war die Erfahrung, wie sich die Abendgespräche mit meinem Tischnachbarn auf meine Psyche und damit auf meine Therapie auswirkten. Mit jedem Tag wurde ich offener und befreiter und konnte mich voll und ganz auf die Therapien konzentrieren. Als dieser Schritt der Befreiung aus der Angst getan war, machte ich unglaubliche Fortschritte und war durch diese wiederum enorm motiviert.

Ein kleiner Höhepunkt ereignete sich, als ich eines Tages in den Spiegel sah und feststellte, dass mein linkes Auge nicht mehr herunterhing. Das Auge hatte sich fast vollständig geöffnet. War ich froh! Ich hatte schon befürchtet, mit diesem ‚Karl Dall Look' für den Rest meines Lebens herumlaufen zu müssen.

Etwa zur gleichen Zeit verschwanden die Pulsgeräusche aus meinem linken Ohr bzw. der Schädeldecke. Während der vergangenen Tage hatte sich das Pulsgeräusch immer weiter nach oben Richtung Schädeldecke verschoben. Vermutlich regenerierte sich die gerissene Halsschlagader von unten nach oben, so dass das Pulsieren sich immer weiter nach oben verschob und auch leiser wurde. Schließlich war es ganz weg. Das war ein unglaublich gutes Gefühl. Endlich hatte ich wieder Ruhe im Kopf.

Es war nicht nur das permanente Geräusch, das mich entnervt hatte, sondern insbesondere die Tatsache, dass jede Aktivität meines Körpers den Blutdruck erhöhte und das Pulsieren dann lauter und schneller wurde. Sogar das Schlucken von Speichel veränderte die Pulsgeschwindigkeit. Bei jeder noch so kleinen Bewegung registrierte ich, wie mein Blutdruck darauf reagierte. Ich sage Ihnen, das machte mich völlig fertig.

Ich konnte genau hören, wann ich mich anstrengte. Folge war, dass ich Angst um die Ader bekam, die sich im Heilungsprozess befand. Wenn ich spazieren ging oder auf dem Ergometer trainierte, hörte ich meinen Puls dröhnen und fürchtete um die Heilung der Aderwand. Ich hörte permanent nach innen. Andererseits wusste ich auf diese Weise sehr genau, wie weit ich im Ausmaß der Anstrengungen gehen durfte. Wenn das Dröhnen zu laut wurde, fuhr ich meine Aktivitäten zurück auf ein geringeres Maß. Vielleicht war dies eine gute und gewollte Kontrollfunktion.

Eines Tages also während meiner zweiten Rehawoche war das Auge auf und das Pulsgeräusch verschwunden. Ein großer Schritt ins ‚normale Leben' war getan. Einige Tage später stellte ich fest, dass auch das Sehen viel besser funktionierte. Die Schlieren waren komplett verschwunden, außer bei direkter Sonneneinstrahlung. Ich konnte während des Gehens nach rechts oder links schauen, ohne dass mir schwindelig wurde. In der Vergangenheit musste ich stets stur geradeaus sehen. Sobald ich zu irgendeiner Seite schaute, setzte Schwindel ein. Vermutlich hatte sich der Sehnerv einigermaßen regeneriert. Möglicherweise machte sich auch das Blicktraining des Neuropsychologen bemerkbar. Auch der Nerv bzw. Muskel, der für die Bewegung des Augenlides verantwortlich ist, hatte sich entweder erholt oder die Schwellung in der Schläfe war entsprechend zurückgegangen, so dass er nun freier dalag.

Das Warum und Wieso konnte sowieso keiner beantworten, war mir auch egal, Hauptsache war das Ergebnis.

Meine Familie freute sich riesig, dass ich jemanden zum Spazierengehen und Reden gefunden hatte. Und natürlich freuten sie sich jeden Tag mit mir gemeinsam über die erzielten Fortschritte, von denen ich ihnen in unseren täglichen Telefonaten berichtete. Es hatte sich derart eingespielt, dass jeden Morgen zwischen Frühstück und Arztvisite mein Kollege aus dem Büro anrief, der übrigens während dieser Telefonate niemals Geschäftliches mit mir besprach. Ich wusste, dass ich mich blind auf ihn verlassen konnte. Erstmals seit Gründung der Firma fühlte ich mich gar nicht mehr so unersetzlich, wie ich es beispielsweise in der Vergangenheit während meiner Urlaube immer getan hatte. Ich war meinem Kollegen, der gleichzeitig seit mehr als vierzehn Jahren ein guter Freund und Vertrauter ist, unglaublich dankbar für diesen freien Rücken bzw. Kopf.

Scherzhaft schlug er mir vor, dass ich nach meiner Rückkehr in der Buchhaltung unserer Firma arbeiten könne. Er meinte, ich könne dann angesichts meiner Vergesslichkeit alle Rechnungen dreimal schreiben und dies vor den Kunden glaubhaft entschuldigen.

Da machten die Zuhause jetzt schon Witze auf meine Kosten. Das war wohl ein gutes Zeichen.

Mein Mann, meine Söhne, meine Eltern und meine Schwester riefen jeden Abend vor dem Zubettgehen an.

Freunde versuchten es auch immer mal wieder, aber alle beschwerten sich, entweder sei ich nicht im Zimmer oder das Telefon sei besetzt.

Problematisch war für mich noch immer, dass ich nicht wusste, wem ich was erzählt hatte. Fast jedes Gespräch begann ich mit dem Satz: „Habe ich dir eigentlich schon erzählt, dass …"

Das Kurzzeitgedächtnis war noch immer ein großes Problem für mich, aber schon deutlich besser als zu Rehabeginn. Auch beruhigte es mich, dass meine Tischnachbarn unter dem gleichen Symptom litten, denn sie erzählten Erlebnisse oder Begebenheiten teilweise auch zwei- bis dreimal, ohne es zu bemerken. Dass ich das bemerkte, hielt ich für ein Zeichen des Fortschritts meiner eigenen Vergesslichkeit und Aufmerksamkeit. Vielleicht sahen es die anderen drei mir gegenüber genauso, wer weiß?

Als ich den Neuropsychologen befragte, wie lange denn diese Vergesslichkeit anhalten könne und ob sie völlig ausheilen würde, erklärte er mir das so:

Das Gehirn arbeitet wie ein Computer. Es erfasst Daten und speichert diese dann auf der Festplatte ab. Wenn das Zuleitungssystem zur Festplatte geschädigt ist, leitet es die erfassten Daten nicht weiter, so dass die Daten verloren gehen. So sei das auch bei meinem Gehirn, erklärte er mir. Meine registrierten Daten wurden vom Kurzzeitgedächtnis erfasst, jedoch von dort nicht ins Langzeitgedächtnis transportiert. Meine Festplatte war in dieser Zeit nicht erreichbar und wurde nicht mit Daten versorgt, so dass die Daten letztendlich nicht abrufbar und somit verloren waren.

Gerne hätte ich einen Computerspezialisten konsultiert, um eine Neuformatierung durchführen zu lassen. Leider ist das technisch bei uns Menschen ‚noch' nicht durchführbar.

Der Neuropsychologe meinte jedoch angesichts der Ergebnisse meiner Tests und Übungen, dass er davon ausgehe, dass ich meine Denk- und Merkfähigkeit vollkommen zurückerlangen würde.

Das war mal eine konkrete Aussage und ich war unglaublich überrascht, hatte ich doch bisher von keinem Arzt oder Therapeuten jemals etwas Konkretes erfahren können. Immer hieß es nur: „Abwarten".

Angesichts dieser Aussage war ich sehr zuversichtlich und auch wieder neu motiviert.

Das Problem der Wortfindungsstörungen hatte sich bereits wesentlich verbessert. Erst jetzt bemerkte ich, dass auch mein direkter Tischnachbar davon betroffen war. Doch auch er hatte im Laufe der Zeit Techniken entwickelt, fehlende Worte zu umschreiben, so dass es selten auffiel. Zudem war er ein ausgesprochen guter Rhetoriker.

Es machte mich jedoch stutzig, dass er nach über sechs Wochen Reha noch immer Gedächtnis- und Wortfindungsstörungen hatte. Als ich meinen Therapeuten damit konfrontierte, erklärte er mir, dass das Gehirn dieses Patienten sich vorrangig um dessen größtes Problem bemühen würde. Das sei in seinem Fall das Erlernen des Laufens. Erst wenn dieses Problem zum größten Teil gelöst sei, schaffe das Gehirn Kapazitäten, um weitere Problemfelder zu regenerieren. Es arbeite Schritt für Schritt. Eine interessante Theorie, wenn ich sie so richtig verstanden hatte.

Die allgemeine Stimmung unserer Tischgemeinschaft hatte sich mittlerweile total gewandelt. An den ersten Tagen hatte mir vor jeder Mahlzeit im Speiseraum gegraust und die Gespräche am Tisch waren relativ schleppend und oberflächlich verlaufen. Mittlerweile waren sie anregend und unterhaltend. Eines Morgens beim Frühstück erzählte mein Tischnachbar, dass er versehentlich mit seinen guten Lederschuhen, anstelle der Badeschlappen, geduscht hatte. Sein Gehirn habe offensichtlich größeren Schaden erlitten als ursprünglich angenommen. Wir drei anderen am Tisch mussten laut lachen angesichts dieser humorvoll erzählten Episode. Als ich laut lachte, erschrak ich dermaßen, dass ich zusammenzuckte. Ich stellte erstaunt fest, dass ich erstmals seitdem mich der Schlag traf, gelacht hatte, und das war jetzt länger als drei Wochen her. Mir traten Tränen in die Augen und ich fühlte mich betroffen und gleichzeitig unheimlich erstaunt und erleichtert. Die anderen hatten meine Reaktion nicht bemerkt.

Von nun an lachten wir sehr viel in unserer Vierer - Tischrunde. Die zwei Gegenübersitzenden waren eingefleischte Junggesellen und benahmen sich auch entsprechend, was immer wieder zu diverser Situationskomik führte. Einer dieser Junggesellen, der, wie er einmal zu mir sagte, eigentlich nichts gegen Frauen habe, konnte seinen rechten Arm durch totale Lähmung nicht nutzen. Er konnte sich eigenständig weder ein Brot streichen, noch beispielsweise Fleisch zerschneiden. Längst hatte ich das für ihn übernommen. Wenn er wieder einmal eine scherzhaft gemeinte frauenfeindliche Bemerkung machte, drohte ich ihm, mit der Einstellung meiner typisch fraulichen Hilfeleistung. Auf diese Weise war er schnell wieder friedlich und konnte mir sogar beizeiten nette Komplimente machen.

Die Mahlzeiten machten mittlerweile richtig Spaß, obwohl das Essen qualitativ zum Abgewöhnen war. Wir vier machten jedoch das Beste daraus und waren fast immer die letzten, die den Speiseraum verließen. Das Servicepersonal machte sich schon lustig über uns. Überhaupt war das Personal im Speiseraum das netteste der ganzen Klinik.

Eine weitere heitere Episode ergab sich, als mein Tischnachbar berichtete, er sei auf dem Weg zum Essen im Aufzug steckengeblieben. Wir befragten ihn erschreckt nach der Ursache.

Da der Aufzug von allen Nichtgehenden und Schlechtgehenden benutzt wurde, war er, wie die Natur der Sache es vorgibt, ständig belegt und fuhr permanent vom Erdgeschoss ins dritte Geschoss und in Etappen zurück. Man brauchte einfach nur zuzusteigen.

In diesem speziellen Fall hatte mein Tischnachbar ungewöhnlicherweise einen leeren Aufzug erwischt und vergessen, auf den Knopf der gewünschten Etage zu drücken. Somit stand der Aufzug natürlich still und rührte sich nicht von der Stelle. Als mein Nachbar gerade den Alarmknopf drücken wollte, bemerkte er seinen Fehler. Gott sei Dank noch gerade früh genug, denn diese Lachnummer hätte sich schnellstens in der gesamten Klinik herumgesprochen. Für ein weitaus größeres Verteilergebiet als die Klinik habe ich nun ja wohl durch dieses Buch gesorgt. So kann das gehen.

Die Rehabilitation an sich wurde für jeden Patienten individuell ausgearbeitet. Ich hatte meine Schwerpunkte im kognitiven Bereich, das hieß täglich eine komplette Stunde beim Neuropsychologen zum Konzentrations- und Blicktraining. Zusätzliche Einheiten erhielt ich bei der Ergotherapie, wo erstrangig das Gedächtnis sowie Reaktionsfähigkeit und Aufmerksamkeit trainiert wurde.

Um körperlich nicht allzu schlapp zu werden, erhielt ich Laufband- und Ergometertraining, sowie kneippsche Behandlungen zur Anregung des Kreislaufs. Um den Heilungsprozess der gerissenen Ader nicht zu gefährden, durfte und konnte ich mich nicht zu sehr anstrengen, um somit den Blutdruck innerhalb der verletzten Ader nicht überzubelasten. Die geringste körperliche Überlastung ergab umgehend einen stechenden Kopfschmerz und in Folge Schwindel, so dass ich sportliche Aktivitäten nicht bzw. nur sehr eingeschränkt ausführen konnte.

Zum Ergometertraining ging ich fast täglich in den Physiotherapieraum. Wir Patienten nannten ihn scherzhaft das ‚Fitnesscenter‘. Dieser Großraum sah in der Tat aus wie ein Fitnesscenter, außer dass hier weniger bzw. andere Fitnessgeräte standen. Alternativ jedoch gab es eine große Anzahl an Therapieliegen.

Vom Ergometer aus (das ist übrigens ein feststehendes Fahrrad) konnte man den gesamten Raum überblicken, so dass es mir beim Radeln niemals langweilig wurde. Ich beobachtete die Mitpatienten bei ihren Übungen und verfolgte von Tag zu Tag die Fortschritte Einzelner. Ich beobachtete jedoch auch die Hilflosigkeit, die Verzweiflung und die Wut vieler Patienten.

Bewunderung und Achtung empfand und empfinde ich vor den Therapeuten. Selten habe ich so viele kompetente, motivierte und freundliche Menschen erlebt wie diese relativ jungen Physiotherapeuten dort in der Klinik.

Ich sah körperliche Wracks, die nicht in der Lage waren, Arme oder Beine zu bewegen, nicht sprechen und nicht essen konnten. Und ich erlebte, wie in relativ kurzer Zeit durch gezielte Therapie all diese Fähigkeiten langsam zurückkamen. So konnte ich miterleben, wie ein etwa zwanzigjähriges Mädchen erstmals ihren Eltern vorführte, wie sie aus dem Rollstuhl aufstand und einige Schritte auf den eigenen Beinen, ohne Hilfsmittel, ging.

Dieses überglückliche, stolze Strahlen ihrer Augen werde ich niemals vergessen. Ebenso wenig die Tränen in den Augen ihrer Eltern.

Verwundert registrierte ich anfangs, dass Gelähmte an einem sogenannten Motomed trainierten. Das ist ein fahrradähnliches Gerät mit Motor, das man vom Stuhl oder Rollstuhl aus nutzen kann. Der Rollstuhlfahrer wird mit seinen gelähmten Beinen bzw. Füßen an den Pedalen festgeschnallt. Der Motor wird eingeschaltet und das Gerät fährt wie ein Fahrrad für etwa 15 bis 20 Minuten.

Als ich einen Therapeuten befragte, was dieses Training bei einem Gelähmten bewirken soll, erklärte er mir, dass durch die permanente Beinbewegung irgendwann ein entsprechender Reiz im Gehirn ankomme. Durch ebendiese ständige Bewegung registriere das Gehirn, dass da irgendwo Beine sind, die bewegt werden wollen. Irgendwann hat das Gehirn diesen Reiz aufgenommen und dann kann der Patient eigenständig, also ohne Motor, mit dem Bewegungstraining weitermachen. Wichtig ist, dass man möglichst früh nach einem Schlaganfall mit dem Training beginnt, damit das Gehirn den Reiz der Beinbewegung in die richtigen Bahnen leitet. Hat das Gehirn den Reiz ‚da sind Beine zu bewegen‘ erst einmal registriert, ist es oftmals nur noch eine Frage der Zeit und des Trainings, wann der Patient wieder laufen kann. Ist das nicht sensationell? Ich finde es unglaublich spannend, dass es so viel ungenutzte Kapazität im Gehirn gibt, die durch gezieltes Training Funktionen verschiedener Art neu erlernen und übernehmen kann.

Es ist nur unglaublich wichtig, so früh wie möglich nach dem Schlaganfall mit der Rehabilitation zu beginnen. Angesichts der Tatsache, dass ich überhaupt nicht in die Reha wollte und vermute, dass es vielen anderen Betroffenen ebenso ergeht wie mir, hoffe ich, dass auch diese Menschen jemanden haben, der sie von der Notwendigkeit einer sofortigen Reha überzeugen kann. Sie selbst sind meiner Meinung und Erfahrung nach, ihres psychischen Zustandes wegen, nicht in der Lage, eine solche Entscheidung zu treffen. Ich kann aus eigener Erfahrung behaupten, dass der Patient in diesem Fall zu seinem Glück gezwungen werden sollte. Er wird es später zu danken und zu würdigen wissen.

Zeitgleich mit mir war ein prominenter Politiker in der Klinik. Auch ihn hatte der Schlag getroffen und ziemlich heftig erwischt. Mindestens ein Bein und der rechte Arm waren gelähmt. Außerdem konnte er nicht sprechen. Ich beobachtete mehrmals sein auffällig aggressives Verhalten, weil ihn niemand verstand. Er konnte sich in keinster Weise mitteilen oder ausdrücken. Er versuchte mit links zu schreiben, was ihm teilweise, sehr schlecht oder gar nicht gelang. Vor lauter Wut und Verzweiflung warf er eines Tages das Schreibzeug mit

Wucht durch den Raum. Es machte mich ungeheuer betroffen, solche emotionalen Ausbrüche zu beobachten.

Einerseits konnte ich diese Emotionen sehr gut nachvollziehen, andererseits zog mich ein solches oder ähnliches Erlebnis psychisch total runter.

Eines jedoch lehrte mich der Umgang mit den vielen Patienten, die es weit heftiger als mich getroffen hatte. Das mit dem Glück, das stimmte, ich hatte in der Tat wahnsinniges Glück gehabt. Meine kleinen Wehwehchen waren eigentlich gar nicht der Rede wert, gegenüber dem, was andere zu erleiden hatten.

‚Glück', ein Wort, das viele und verschiedene Aspekte beinhaltet, für die es eigentlich steht. Mein Glück hieß vermutlich ‚Schutzengel' und von denen hatte ich glücklicherweise und offensichtlich mehr als einen gehabt. Glück hatte ich auch, als mir mein Tischnachbar ein Buch mit dem Titel ‚Jeder Mensch hat einen Engel' auslieh. Ein Buch, das mir in dieser Zeit viele Denkaufgaben aufgab und zu vielen tiefsinnigen Gesprächen und Lösungen führte. Glücklicherweise hatte mir mein Kollege vor einiger Zeit ein Buch mit dem Titel ‚Sorge dich nicht, lebe' geschenkt. Auch dieses Buch half mir bei der Krankheitsverarbeitung. Zum Glück hatte mir eine Nachbarin zu Hause einen kleinen Keramikschutzengel symbolisch mit auf den Weg in die Rehaklinik gegeben. Eine nette Geste, die nun in Form des Engels eine ganz neue Bedeutung bekam. Zum großen Glück wurde ich meinem Tischnachbarn, dem Rollstuhlfahrer, im Speiseraum an die Seite gesetzt. Ansonsten wären wir möglicherweise niemals ins Gespräch miteinander gekommen.

Waren das alles glückliche Zufälle? War das wirklich alles Glück?

Eines Abends, auf der Bank am See, bemerkte ich, dass im Grunde immer nur ich über Emotionen redete. Mein Tischnachbar erzählte zwar offen und vielerlei vom Rehatag oder auch von Zuhause, jedoch sprach er niemals über Gefühle oder Empfindungen. Mehrmals hatte ich ihn gefragt, wie er sich in dieser oder jener Situation gefühlt hatte. Insbesondere interessierte mich, was und wie er damals fühlte, als er nach dem Schlag bemerkte, dass seine gesamte linke Körperhälfte vom Kopf bis zum Fuß gelähmt war. Er erzählte mir aufgrund dieser Frage alles Mögliche, jedoch kein einziges Wort über das Gefühlte, das Empfundene.

Verschiedene Male versuchte ich vergeblich, ihn aus der Reserve zu locken.

Eine solche Situation ergab sich beispielsweise, als er mir bedauernd erzählte, dass er die letzten Jahre fast ausschließlich arbeitend und in seiner Firma verbracht habe. Er habe sich weder genügend Zeit für seine Frau und seine drei Kinder noch für Freunde genommen und sorge sich nun, ob die Einsicht möglicherweise zu spät komme. Er wünsche sich für seine Zukunft unter anderem ein Hobby und vor allem echte, ehrliche Freundschaften.

Als er das sagte, packte ich die Gelegenheit beim Schopf und provozierte ihn, indem ich fragte, wie er Freundschaft schließen wolle ohne den Mut zu haben, sich als ganze Person in eine solche Beziehung einzubringen. Als er mich völlig verständnislos ansah, verglich ich ihn mit einer Muschel. Eine Muschel, die krampfhaft geschlossen bleibt und keinem ihr weiches, verletzliches Inneres zeigt. Sie kann zwar auf diese Weise nicht verletzt werden, nur kann im Umkehrschluss auch niemand an das Innere der Muschel heran.

Als ich in sein Gesicht sah, bemerkte ich, dass ich ihn tief getroffen hatte.

Erst einige Tage später sagte er mir, dass ihn das Gesagte unglaublich erschüttert habe und er viele Stunden darüber nachgedacht habe. Sehr viel später, bereits nach Beendigung der Reha, sagte ihm ein Psychotherapeut etwas Ähnliches und empfahl ihm, einen Song von Simon & Garfunkel zu verinnerlichen, ,I am a rock'. Der Song handelt davon, sich hart wie ein Fels und stark und unbezwingbar wie eine Festung zu fühlen, keine Emotionen zuzulassen und an sich heranzulassen, um unverletzlich zu bleiben.

Wenige Tage nach diesem Gespräch begann mein Tischnachbar, den ich mittlerweile übrigens bei seinem Vornamen Rainhard nannte, hin und wieder und sehr vorsichtig von seinen Emotionen zu berichten. Es war interessant zu beobachten, wie fremd ihm das zunächst war und wie schwer es ihm fiel. Er beobachtete permanent meine Reaktionen und ich spürte, dass er Angst hatte, ich würde in irgendeiner Form urteilen oder werten, was ich selbstverständlich nicht tat. Er redete. Mit einem Mal agierten wir in vertauschten Rollen. Nun war ich die Zuhörerin geworden und konnte mich für all die Geduld und das erlebte Verständnis, mit denen er mir in der Vergangenheit zugehört hatte, revanchieren. Nun berichtete auch er seiner Familie, dass er jemanden zum Reden gefunden habe und wie gut ihm das tue. Seine Familie freute sich für ihn und insbesondere war die Freude riesengroß, als nun plötzlich überwältigende Therapiefortschritte erfolgten. In diesen Tagen konnte er erstmals seit ihn der Schlag traf, den Rollstuhl verlassen und erste eigenständige Schritte am Rollator (Gehhilfe) gehen. Das war ein unglaublich triumphaler und glücklicher Moment.

Nun dauerten unsere Abendspaziergänge natürlich länger, denn das Gehen am Rollator brauchte seine Zeit und erforderte seine volle Konzentration.

Jedoch setzten wir uns täglich neue Ziele, beispielsweise eines Tages bis zu einem entfernt gelegenen Restaurant, in dem wir zur Belohnung unserer Mühen ‚richtiges Essen' zu uns nahmen. Das war dann ein Fest in doppelter Hinsicht.

Um auf die Sache mit dem ‚Glück' zurückzukommen, möchte ich noch berichten, dass meine Schwester zum Glück aus meinem Schlaganfall gelernt hatte und Konsequenzen zog. Sie kündigte ihren stressigen Job, der sie neben Haushalt und drei Kindern enorm belastete, um sich fortan um wesentlichere Dinge des Lebens zu kümmern.

Zum ,Glück' hatte eine Freundin gemerkt, dass Familie mehr bedeutet als nur Arbeit und Stress und ging fortan mit einer völlig anderen Einstellung damit um. Zum ,Glück' hatten viele Bekannte und sogar Bekannte dieser Bekannten durch meinen Schlaganfall vielerlei gute Vorsätze gefasst und Konsequenzen gezogen. Immer, wenn ich wieder hörte, wer durch meinen Schlaganfall auf irgendeine Weise sein Leben oder seine Einstellung zum Leben geändert hatte, fragte ich mich, ob das möglicherweise der Sinn, das ,Warum' gewesen sei. War es etwa meine Bestimmung gewesen, diesen Schlag auszuhalten? War es der mahnende Zeigefinger für mich und die Menschen meines nahen und fernen Umfeldes gewesen? Eine Philosophie, über die ich lange, ohne eine Antwort zu erhalten, nachdachte. In diesem Zusammenhang fiel mir ein Zitat unbekannter Herkunft ein: „Aus der Bahn geworfen, befinde ich mich plötzlich auf dem richtigen Weg".

Ich, für mich, stellte mit Erschrecken fest, wie schnell und unvorbereitet mein Leben beinahe beendet gewesen wäre. Ich fragte mich, was hätte ich im vorherigen Leben geändert, wenn ich dies vorher gewusst hätte und kam zu dem Ergebnis, dass ich mir auf alle Fälle mehr Zeit für die Musik genommen hätte. Musik ist meine Leidenschaft. Schon als Kind habe ich musiziert und auch gerne im Chor gesungen. Vor einigen Jahren begann ich Saxophonunterricht zu nehmen, stellte diesen jedoch schon nach kurzer Zeit wieder ein, weil die Zeit zum Üben fehlte.

Die Zeit war mein eigentliches Problem. Mehr Zeit hätte ich auch gerne in weitere Aktivitäten, wie Rad fahren, wandern, stricken, nähen, lesen, fotografieren, schreiben und manches mehr, investiert.

Die Vergangenheit ließ sich im Nachhinein nicht mehr verändern. Die Zukunft jedoch, die lag nun jungfräulich vor mir und die wollte ich künftig etwas anders gestalten und insbesondere anders wahrnehmen und werten.

Ich wollte die mögliche Botschaft der Krankheit annehmen und in die Tat umsetzen. Zumindest wollte ich mir künftig die Zeit für einen wöchentlichen Chorabend oder möglicherweise neuen Saxophonunterricht nehmen. Viel mehr würde ich eigentlich an meiner Lebens- und Tagesgestaltung gar nicht verändern wollen, denn ehrlich gesagt, ich arbeite so gerne in meiner Firma, dass das im Grunde wie Hobby ist. Das verstehen viele Personen aus meinem Umfeld allerdings nicht. „Siehste", haben viele mir gesagt, als sie mich das erste Mal nach dem Schlaganfall sprachen, „das musste ja so kommen, angesichts deines Arbeitspensums". Es verstehen wohl deshalb nur wenige, weil für die meisten Menschen Arbeit eben Arbeit ist. Für mich ist sie aber in der Tat wie ein Hobby. Ich arbeite mit Leib und Seele als Immobilienmaklerin und genieße natürlich auch alle Freiheiten, die durch die Selbständigkeit gegeben sind. Hier würde ich keinesfalls etwas ändern wollen.

Um es vorwegzunehmen, berichte ich nun, was ich bis zur Niederschrift dieser Zeilen realistisch verändert habe: Wir haben in der Firma eine zusätzliche Bürokraft eingestellt, so dass ich künftig einen Nachmittag in der Woche frei habe und zusätzlich nur noch jeden dritten Samstag arbeite, anstelle jedes zweiten.

Die Gestaltung dieser freien Zeit durch Musik habe ich leider noch nicht vornehmen können, weil meine Belastbarkeit das momentan noch nicht zulässt. Das wäre in dieser Zeit eher Stress als Ausgleich und Erholung.

Aber der Vorsatz steht nach wie vor.

Während meiner gesamten Krankenzeit musste ich mir immer wieder den permanenten Vorwurf von Bekannten anhören, dass Stress die Ursache meines Schlaganfalls gewesen sei. Das stimmt jedoch definitiv nicht. Bei mir ist der Riss der Aderwand die Ursache gewesen und das geschieht nicht durch Stress. Jeden Arzt hatte ich in der Vergangenheit nach einer möglichen Ursache des Aderrisses gefragt, denn es machte mir große Angst, dass das noch einmal passieren könne.

Von den Ärzten erfuhr ich, ein solcher Riss könne durch verschiedene Faktoren entstehen. Beispielsweise durch einen möglichen Schlag oder Sturz auf den Kopf, durch Manipulation der Halswirbelsäule, also dem Einrenken oder bedingt durch eine ererbte genetische Gewebeschwäche.

Was den Riss meiner Ader verursacht hatte, ließ sich im Nachhinein natürlich nicht feststellen.

Einige Wochen zuvor war ich beispielsweise im Skiurlaub sehr hart mit dem Kopf auf die vereiste Piste aufgeschlagen. Hier könnte eine kleine Verletzung der Ader erfolgt sein, die sich in besagter Nacht vom 3. April durch eine unkontrollierte Kopfbewegung im Schlaf plötzlich zu dem lebensbedrohlichen Riss entwickelte. Auch war ich in den vergangenen Jahren häufiger zum Einrenken der Nackenwirbelsäule bei einem Chiropraktiker gewesen. Das letzte Mal lag allerdings schon lange Zeit zurück. Jedoch könnte auch durch das damals erfolgte Renken eine Kleinstverletzung an der Aderwand entstanden sein.

Was den genetischen Faktor angeht, erfragte ich die Möglichkeit, dieses untersuchen zu lassen. Ein Arzt sagte mir hierzu, dass man die genetische Ursache zwar sehr aufwändig untersuchen könne, es jedoch keine Möglichkeit der Behandlung gebe. So ließ ich es lieber. Denn möglicherweise zu erfahren, dass ich diese genetische Veranlagung habe und sie dann nicht behandeln lassen zu können und mit diesem Gedanken leben zu müssen, schreckte mich ab. Lieber wollte ich es gar nicht wissen. Und da in meiner Familie keine solchen genetischen Mängel bekannt sind, gehe ich einfach davon aus, dass dies nicht die Ursache gewesen war.

Dieser Arzt machte mich wieder einmal auf das Glück aufmerksam, das ich gehabt hatte. Er berichtete mir, dass in vielen Fällen die Ader mit einer solchen Wucht, einem derartigen Druck reiße, dass der Riss oftmals bis direkt ins Gehirn führe und dadurch Hirnbluten und somit meistens den Tod verursache. Oder wahlweise, bei einem Riss nach unten hin, der Tod durch innere Blutungen eintrete.

Während meiner ersten Nachsorgeuntersuchung im Anschluss an die Reha, in einer Klinik mit einer Spezialabteilung für Neurologie, berichtete mir der behandelnde Arzt, dass die letzten zwei Fälle mit Aderriss, die ihm bekannt seien, ein Golfspieler und eine junge Mutter gewesen seien. Den Golfspieler habe es beim Ausholen zu einem Golfschlag erwischt und die junge Mutter beim Aufheben ihres Babys aus dem Bettchen.

Im Gespräch mit diesem relativ jungen Arzt erzählte dieser mir beiläufig, dass es seines Wissens leider keinerlei Literatur und Erfahrungsberichte Betroffener gebe. (Kein Wunder, wenn die Mehrzahl der Patienten es nicht überlebt.)

Auch berichtete er, dass eine Vielzahl dieser Kranken nicht wieder in ihren gewohnten Alltag zurückfinden würde.

Aus dem sicherlich unbedacht Gesagten zog ich zwei Konsequenzen.

Zunächst einmal erschrak ich fürchterlich, weil ich plötzlich Zweifel bekam, möglicherweise meine Angst zu schnell oder zu leichtsinnig überwunden bzw. verdrängt zu haben. Dass ich vielleicht doch in größerer Gefahr sei, als ich es mir zugestehen wollte und würde, wenn in der Regel andere Patienten große Probleme mit der Krankheitsbewältigung haben.

Nach wenigen Momenten, in denen das altvertraute Panikgefühl erneut in mir aufstieg, zwang ich mich, an den Grundsatz zu denken, den ich mir während der Rehazeit, unter anderem durch die Abendgespräche mit Rainhard, hart und leidvoll erkämpft und verinnerlicht hatte. Dieser Grundbaustein meines Lebens nach dem Schlag war und ist folgender:

Mein Lebensweg ist durch meinen Schöpfer vorgeben. Er hat eine Bestimmung, einen Weg für mich vorgesehen und diesem, für mich bestimmten Weg werde ich folgen müssen. Auf diesem Weg gibt es Situationen, die kann ich durch eigene Kraft oder Willen weder steuern noch beeinflussen. Dazu gehört in meinem Fall die Krankheit. Würde ich in Panik oder Angst verfallen, würde es mir nur schlechter gehen. An der Situation an sich würde sich jedoch nichts verändern.

So vertraue ich auf Gott, denke positiv und genieße jeden schönen Augenblick meines Lebens.

Diesen Gedanken hatte ich bewusst zu denken gelernt und ich tat es angesichts der aufsteigenden Panik, die das Gesagte des Arztes bei mir auslöste.

Relativ schnell erlangte ich das Gefühl der Sicherheit und Gelassenheit zurück. Der Arzt bemerkte meine Reaktion nicht.

Die zweite Konsequenz aus dem soeben beschriebenen Arztgespräch war, dass ich mir in diesem Moment vornahm, meine Tagebuchaufzeichnungen zu einem Buch zu verarbeiten. Vielleicht würde ich dadurch in der Zukunft manchem Betroffenen helfen können. Mir jedenfalls hätte das Lesen eines solchen Erfahrungsberichtes bei der Krankheitsbewältigung sehr geholfen.

An dieser Stelle möchte ich kritisch bemerken, dass es in der Rehaklinik zwar eine Bibliothek gab, diese jedoch keine Fachliteratur zum Thema Schlaganfall enthielt. Da es auch im Ort keine Buchhandlung gab, konnte ich erst viel zu spät, nämlich zu Hause beginnen, mir Fachliteratur per Internet zu beschaffen. Auch gab es in der Klinik keinen öffentlichen Internetzugang, so dass auch dieser Weg der Informationsbeschaffung wegfiel. Informativ saß ich während der Reha so ziemlich auf dem Trockenen und fühlte mich doch wissensdurstig wie selten vorher im Leben.

Wie gerne hätte ich in dieser Zeit Bücher von Betroffenen gelesen. Diese beschaffte ich mir dann später zu Hause und verschlang sie geradezu.

Auch meine Familie und mein Kollege lasen diese Bücher. Sie konnten dadurch vieles, was sie lasen, auf meine Situation übertragen und dadurch viel besser verstehen. Ein früherer Zeitpunkt jedoch wäre sinnvoller und hilfreicher gewesen.

Mir fiel auf, dass die Bücher entweder von alten oder prominenten Leuten geschrieben waren. Sie waren mir zwar teilweise eine große Hilfe, jedoch fühlte ich mich als ‚normaler' Mensch, mitten im vollen Leben, irgendwie nicht vertreten in dieser Literatur. Dabei hieß es doch in aktuellen Presseberichten immer häufiger, dass immer mehr junge Menschen und vor allem Frauen in der jüngsten Zeit vom Schlag getroffen wurden. Ein Thema, das seltsamerweise zu dieser Zeit häufig in allen Medienbereichen auftauchte. Dennoch fand ich kein Buch, das ein Autor schrieb, der so jung war, dass er nach dem Schlag ins volle Leben zurückkehren musste. Diesen Umstand fand ich sehr bedauerlich.

Chronologisch nun aber zurück in die Rehazeit und wie mich die Geborgenheit innerhalb meiner Familie und meines Freundeskreises während dieser, der bisher schwersten Zeit meines Lebens, trug und geleitete.

An jedem Wochenende kamen Familienmitglieder zu Besuch, so dass ich an den therapielosen langen Tagen niemals über Langeweile klagen musste.

Neben der täglichen Vielzahl von Telefonaten erhielt ich Briefe, Karten und Päckchen von Freunden und Bekannten. Sehr gefreut hat mich unter anderem ein meditativer Bildband von einer Bekannten meiner Eltern aus Sylt, sowie ein Sprüchebüchlein von einer ehemaligen ‚Kindergartenmutter', deren Kinder vor mehr als 20 Jahren in dem Kindergarten waren, in dem ich als Erzieherin gearbeitet hatte. Diese ‚Kindergartenmutter' hatte einen sehr lieben Brief an mich geschrieben mit herzlichen Genesungswünschen und der Aufforderung darüber nachzudenken, dass jede Krankheit eine Botschaft sei.

Es freute mich insbesondere, weil viele Menschen an mich dachten, von denen ich das nicht erwartet hätte. Angesichts der zeitgemäßen Gleichgültigkeit unserer Gesellschaft haben mich diese Aufmerksamkeiten unglaublich motiviert und von ganzem Herzen froh gemacht.

Und dann möchte ich noch von meinem Geburtstag erzählen, denn den ‚feierte' ich während der Rehazeit.

Mein Kollege wollte mir eine Freude machen und mit komplettem Freundes- und Familienkreis anrücken, um meinen Geburtstag richtig groß, mit allen mir Vertrauten, in der Rehaklinik zu feiern. Es gab dabei nur ein Problem. Ich wollte das nicht. Ich wollte niemanden, einfach niemanden an diesem Tag sehen. Meinen Geburtstag, den wollte ich ausfallen lassen und erst zu Hause so richtig gesund, so richtig feiern. Ich befürchtete, dass ich es emotional nicht ertragen könne, wenn alle von zu Hause kämen und das Gefühlschaos von vorne beginnen würde. Insbesondere angesichts der Tatsache, dass alle, außer mir, wieder nach Hause fahren würden.

Keiner wollte mich verstehen, aber ich blieb eisenhart und setzte mich durch. Außer bei meinen Eltern. So ist das nun mal mit Eltern. Die bleiben einfach immer und ewig Eltern und man selbst das Kind, das zu hören und zu gehorchen hat. Zumindest war das in meiner Kindheit so. Heute glaube ich manchmal, dass die Situation sich umgekehrt hat.

Ich sah jedoch ein, dass meine Eltern sich dringend mit eigenen Augen davon überzeugen mussten, dass es mir wesentlich besser ging, als zu Beginn der Reha und so schlossen wir diesen Kompromiss. Ich war an meinem sechsundvierzigsten Geburtstag nicht alleine und meine Eltern freuten sich, ihn mit mir zu feiern.

An diesem Tag, dem 30. April, gingen wir drei nachmittags nach meinen Therapien zunächst spazieren und abends richtig schön essen. An diesem Abend genoss ich sogar ein Gläschen Bier in vollen Zügen. Das erste seit dem Schlag. Heute, wenn ich ein Bier trinke, denke ich oft an dieses Glas Bier zurück, das mir so unglaublich gut geschmeckt hat, dass ich es Schluck für Schluck genoss. In jedem Schluck genoss ich den Wiedereinstieg in das normale Leben und freute mich, dass es mir bereits wieder so gut ging.

Es war dann doch ein schöner Geburtstag, an den ich heute gerne zurückdenke, ihn unter solchen Umständen jedoch keinesfalls noch einmal erleben möchte.

Sobald ich an diesem Tag mein Zimmer betrat, klingelte das Telefon. Bis spät in die Nacht hinein gratulierten mir alle, die mir nahe und ferne standen zu meinem Geburtstag. So viele Anrufe hatte ich noch niemals in meinem Leben erhalten. Als mein Mann mich fragte, wer alles angerufen habe, konnte ich zwar einige Personen benennen, die Vielzahl derer jedoch hatte ich schon wieder vergessen. Wenn er mir jedoch verschiedene Namen nannte, konnte ich mich sehr wohl erinnern, ob die angerufen hatten oder nicht, ein sonderbares Phänomen.

Innerhalb der Klinik dachte einzig mein Neuropsychologe an meinen Geburtstag und gratulierte mir, sonst keiner. Meine drei Tischgenossen hatten ihn dank ihrer ‚defekten Festplatten' vergessen, obwohl wir tags zuvor noch darüber gesprochen hatten.

Während der Rehazeit begann ich plötzlich intensiv und lebhaft zu träumen. Es verging kaum eine Nacht, in der ich nicht träumte. Manchmal sehr intensiv und manchmal oberflächlich. Meistens in schwarz weiß, jedoch einmal in bunt. Ich hatte niemals vorher in bunten Farben geträumt, zumindest hatte ich keine Erinnerung daran. Aber dieser Traum war glasklar in meiner Erinnerung. Er beschäftigte mich dermaßen, dass ich mit meinem Neuropsychologen darüber sprach, um eine mögliche Deutung zu finden.

Der Traum beinhaltete, dass ich in einen hässlich gelb geklinkerten, fensterlosen, engen Raum kam. Der Raum war ausgefüllt von einem Schwimmbecken mit leuchtend blauem Wasser. Das Wasser strahlte geradezu. Rund um das Becken waren ganz schmale gefliese Wege. Auf diesem Weg stand vor mir ein gesichtsloser Therapeut der Klinik, den ich an seiner Dienstkleidung erkannte. Ich ging auf ihn zu und sagte, mir ginge es nicht gut und im selben Moment wurde ich ohnmächtig. Ich erlebte die Ohnmacht, die mich in mich selbst zusammensacken ließ. Dann wurde ich wach.

Wir interpretieren den Traum so, dass das strahlend blaue Wasser für das neue, das kommende, wiedererlangte Leben stehe, voller Zuversicht und Freude. Der Rest des Traumes mache insgesamt die Ohnmacht, die Angst und die Bedrängnis deutlich, in der ich mich befunden hatte.

Da ich viele, teilweise sehr sonderbare Träume hatte, kaufte ich mir zu Hause ein Buch über Traumdeutung und versuchte einige dieser Träume nachträglich zu interpretieren. Eine spannende Angelegenheit. So erfuhr ich übrigens, dass der Tiefschlaf vor allem der körperlichen Erholung zu dienen scheint und dass der Traumschlaf hauptsächlich für die seelisch - geistige Regeneration wichtig ist. Bei Säuglingen und Kleinkindern, möglicherweise auch noch bei Erwachsenen, dient der Traumschlaf außerdem der Reifung des Gehirns.

Es könnte natürlich in der Tat der Reifungsprozess bzw. Regenerationsprozess in meinem Gehirn, der Auslöser dieser wilden Träumerei gewesen sein.

Im Laufe der kommenden Wochen hatte das Träumen sich immer mehr reduziert und jetzt, bei der Niederschrift dieses Buches, ist annähernd der Zustand wie vor dem Schlaganfall erreicht. Offenbar ist mein Gehirn nun ausgereift bzw. regeneriert.

Während einer der ersten Nächte zu Hause hatte ich einen Traum, der mich zutiefst erschüttern sollte. Ich träumte, ich sei als sehr kleines Kind (ca. 2 Jahre) in einem Krankenhaus. Dorthin brachten meine Eltern mich, weil ich schlimme Bauchschmerzen hatte und sie ließen mich alleine dort. Ich wurde in ein Gitterbettchen gelegt. Das Bett stand in einem großen saalähnlichen Raum, in dem sich ganz viele Betten mit ganz vielen Kindern befanden. In meinem Traum war ich dann sehr krank. Ich hatte schlimme Schmerzen, mir war übel und ich musste erbrechen. Niemand war bei mir, ich war ganz alleine und hatte schreckliche Not und Angst. Hin und wieder kam eine schwarz gekleidete Ordensschwester, die sich um mich kümmerte. Ich fragte und rief nach meiner Mami, aber sie antwortete niemals darauf. Irgendwann zwischendurch kam dann meine Mami und nahm mich auf den Arm, jedoch ging sie nach kurzer Zeit wieder weg und ließ mich schreiend dort zurück. Als ich einmal nach einem Besuch ganz schrecklich schrie, kam die schwarze Schwester und sagte mir, wenn ich nicht aufhöre zu schreien, dürfe meine Mami nie mehr wiederkommen. Von da an wimmerte ich nur noch leise vor mich hin. Einmal sah ich von außen an der Fensterscheibe das Gesicht meiner Tante. Ich schrie ihr zu, sie solle hereinkommen. Immerzu schrie ich: „Komm hierher, komm herein". Sie machte mir Zeichen durch das Fenster, die ich nicht verstand, und dann kam auch schon die schwarze Schwester und verjagte sie vom Fenster.

Das Mädchen, das neben mir im Bett lag war älter als ich, ungefähr 8 Jahre. Sie hatte blonde, glatte, schulterlange Haare und kümmerte sich ab und zu um mich, indem sie mit mir spielte. Sie malte beispielsweise mit mir auf einem Malblock, den meine Mami mir mitgebracht hatte. Ich mochte sie ganz gerne. Irgendwann, nach unendlich langer Zeit holten mich meine Eltern dann zurück nach Hause.

Als ich aus diesem Traum erwachte, war ich klatschnass geschwitzt. Ich musste meinen Schlafanzug vor Nässe wechseln.

Ich wusste von Erzählungen meiner Eltern zwar, dass ich mit 2 Jahren den Blinddarm operiert bekommen hatte, die Details waren mir jedoch nicht bekannt gewesen.

Am folgenden Tag erzählte ich meinen Eltern von diesem Traum. Die waren angesichts des Berichteten total entsetzt, denn der Traum entsprach in allen Einzelheiten und kleinsten Details der Realität.

Zur Zeit meiner Blinddarmoperation war die Besuchsregelung im Krankenhaus so, dass die Kinder nur an wenigen Tagen wöchentlich für kurze Zeit besucht werden durften. In heutigen Zeiten unvorstellbar.

Dieser Traum offenbarte offensichtlich mein erstes erlebtes Trauma, das mein Gehirn all die Jahre unverarbeitet gespeichert hatte.

Als wir nun gemeinsam darüber sprachen, konnte ich mir viele meiner Verhaltensweisen und Charaktereigenschaften viel besser erklären.

Beispielsweise wollte ich weder als Kind noch als Jugendliche jemals von zu Hause weg, auch nicht, um bei Freunden zu übernachten oder ins Ferienlager zu fahren. Ich hatte immer schon im Vorhinein Heimweh oder wurde sogar krank. Auch die Angst vor Einsamkeit, vor dem Verlassenwerden, die mich bis heute verfolgt und die ich bislang nicht zuordnen konnte, ist vermutlich in diesem erlebten Trauma begründet.

Sonderbar, dass ich nach 44 Jahren dieses Erlebnis im Traum aus den Tiefen des Gehirns hervorholte und verarbeitete. Vermutlich war das aktuell erlebte Trauma der Todesnähe und Angst die Ursache dessen. Oder aber das Gehirn wurde durch seine Schädigung einfach gründlich ,aufgeräumt' und neu sortiert.

Alle meine Träume möchte ich hier nicht schildern, das würde sicherlich langweilig werden und auch den Rahmen sprengen, jedoch möchte ich von einem besonders lustigen Traumerlebnis berichten. In diesem Traum sang ich im Duett mit dem Weltstar Chris de Burgh. Wir befanden uns auf einem großen Schiff (sonderbarerweise auch hier wieder auf dem Wasser). Chris de Burgh sang auf einer Bühne und ich saß im Publikum und hörte ihm zu. Plötzlich kam er zu mir, erfasste meine Hand und forderte mich zum Mitsingen des Liedes ,Carry me' auf. Wir sangen dieses Lied im Duett und ich sage Ihnen, das hörte sich supergut an. Ein solches angenehmes Gefühl habe ich selten vormals in einem Traum erlebt.

Chris de Burgh ist übrigens seit Jahren einer meiner Lieblingssänger und der oben genannte Song einer meiner Lieblingshits, den ich jedes Mal beim Hören auf Lautstärke drehe und in der Tat lauthals mitsinge. Jedoch frage ich mich bei aller Traumdeuterei noch immer, warum ich ausgerechnet das geträumt habe?

Am 15. Mai verließ ich nach exakt drei Wochen die Rehaklinik und fuhr mit meinem Mann und meinen drei Koffern zurück nach Hause.

Zurück in den Alltag

Auf das, was nun kam, war ich in keinster Weise vorbereitet. Ich hatte nicht die Spur einer Ahnung von dem, was mir nun bevorstehen sollte.

Wie hatte ich mich auf mein Zuhause gefreut, auf meine Familie, die vertraute Umgebung, meine Firma und vor allem auf das ‚normale Leben'.

Wie dieses ‚normale Leben' aussehen sollte, merkte ich schon auf der Autofahrt von der Rehaklinik nach Hause. Bereits nach wenigen Minuten war mir schwindelig und übel. Die vielen Eindrücke während der Autofahrt konnte ich überhaupt nicht verarbeiten. Die anderen Fahrzeuge, die Ampeln und die vorbeiziehenden Orte und Landschaften. So viele wechselnde, schnelle Bilder, Eindrücke und Geräusche. Schon nach kurzer Zeit bat ich meinen Mann, nicht schneller als 100 km/h zu fahren, mehr Abstand zum vorfahrenden Fahrzeug zu halten und das Radio auszuschalten. Dennoch war die gut zweistündige Fahrt eine unglaubliche Tortur für mich und ein Vorgeschmack dessen, was mich von nun an erwarten würde.

Der Empfang zu Hause war wunderschön. Meine Mutter hatte ein Wunschessen mit frischem Spargel für mich bzw. für uns alle gekocht.

Mehrere Blumensträuße von Familie und Freunden standen in Vasen verteilt zu meinem Empfang. Sogar eine ‚Herzlich Willkommen Zuhause – Karte' kam per Post von Freunden aus Nordwalde. Das Haus und der Garten waren tipp topp. Es war so schön, wieder zu Hause zu sein.

Ich freute mich auf den Alltag. Zwar war mir klar, dass ich nur langsam und schrittweise zurück ins alte Leben finden würde, jedoch hatte ich mir diese Schritte anders vorgestellt als sie dann in der Tat erfolgten.

Der Haushalt war die erste Herausforderung für mich. Meine mitgebrachte schmutzige Wäsche, ungefähr zehn Waschmaschinenfüllungen, musste gewaschen werden. Es zeigte sich, dass es mir nicht möglich war, bückend die Waschmaschine und den Trockner zu befüllen. Nicht nur die gebückte Haltung war das Problem, auch das Hin und Her beim Befüllen verursachte mir Schwindel und Sehstörungen. Ich kniete mich vor die Maschinen und musste dennoch viele Male unterbrechen, um sie zu befüllen oder zu entleeren. Einige Wäschestücke, die nicht in den Trockner, sondern auf die Wäscheleine kamen, mussten aus dem Wäschekorb auf die Leine gehängt werden. Bücken – aufrichten, bücken – aufrichten, einen Bewegungsablauf, über den ich mir vormals nie Gedanken gemacht hatte. Jetzt jedoch war er mir mehrmals in Folge nicht möglich. Also hieß es Lösungen suchen und vor allem langsam arbeiten, keine schnellen Hin- Her- Auf- oder Abbewegungen. ‚Langsam arbeiten', ein Begriff, der große Bedeutung in meinem neuen Leben bekommen würde.

Schnell bemerkte ich, wie viele Handgriffe im Haushalt mit Bücken und / oder Hin- und Herbewegungen verbunden sind. Beim Staubsaugen, beim Wischen, beim Müll entsorgen, beim Tisch decken, Tisch abräumen, beim Spülmaschine befüllen oder – ausräumen, beim Bügeln, beim Bettenmachen, beim Kochen und vielen anderen Tätigkeiten. All diese vormals automatisierten und selbstverständlichen Handgriffe fielen mir nun sehr schwer, weil sie Schwindel und in Folge Kopfschmerzen verursachten. Ich arbeitete langsam und in Etappen, legte viele Ruhephasen ein, in denen ich mich möglichst flach aufs Bett oder das Sofa legte. Während dieser Ruhephasen musste ich allerdings meine Gedanken ‚in Schach' halten. Ich wusste, ich durfte nicht anfangen zu grübeln und mich deprimieren lassen von der Vorstellung, wie das mit mir und meiner Arbeits- und Leistungsfähigkeit weitergehen würde. Ob sich diese Beeinträchtigung langsam, schnell oder möglicherweise gar nicht zurückbilden würde. Ich wusste, ich muss die Hoffnung behalten, dass es besser werden wird und ich wusste, ich benötige die Kraft, diese Zeit der Beeinträchtigungen durchzustehen. Wieder einmal bemühte ich mich weitestgehend positiv zu denken und Negativgedanken auszuschalten.

Die ersten Tage zu Hause verbrachte ich hauptsächlich damit, den Haushalt einigermaßen zu bewältigen. Ohne die Hilfe meiner Familie, insbesondere meines Mannes und meiner Mutter (die noch immer täglich für uns alle kochte) wäre mir das jedoch nicht möglich gewesen.

Zunächst verstand ich überhaupt nicht, warum ich so wenig belastbar war. Alles erschöpfte mich, einfach alles. Wobei ‚erschöpfte‘ ein unpassendes Wort ist. Besser ist das Wort ‚entnervte‘. Meine Nerven reagierten auf jeden einzelnen Reiz meines Umfeldes, auf Bewegungen, Geräusche, Menschen, einfach auf alles. Um ein Beispiel zu nennen:
Mein Vater werkte draußen im Garten herum, während ich auf dem Sofa lag und ihn durchs Fenster beobachtete. Ich legte mich woanders hin, um ihn nicht sehen zu müssen und ertappte mich bei dem Gedanken: „Muss er unbedingt jetzt dort arbeiten?" Gleichzeitig verstand ich aber nicht, was mich daran störte, ja was mich daran entnervte, denn er erledigte freundlicherweise Arbeiten, zu unserer Hilfe, die sonst meinem Mann zugefallen wären.
Später begriff ich, es war einfach nur die Bewegung die ich beobachtete und mit den Augen hin und her verfolgte. Dieser einfache Reiz der Augenbewegungen reichte, um einen Reizzustand im Gehirn auszulösen.

Um es vorwegzunehmen, dieses Phänomen begleitete mich nun von morgens bis abends. Bald entdeckte ich, dass mein Gehirn sich offensichtlich in einem ‚Rohzustand‘ befand. Es fühlte sich an bzw. reagierte wie eine Muschel ohne Schale oder wie eine Schildkröte, die auf dem Rücken liegt. Ohne jeden Schutz, jedem Reiz hilflos ausgeliefert. Es musste offensichtlich die Reizbewältigung bzw. Verarbeitung jedes einzelnen Reizes wieder völlig neu erlernen. Was das für mich und meinen Alltag bedeutete, versuche ich nun in einigen Einzelsituationen und Erlebnissen zu schildern:

Während der ersten Woche zu Hause hatte ich einen Frisörtermin vereinbart, auf den ich mich sehr freute, denn die Besuche beim Frisör waren in der Vergangenheit immer pure Entspannung gewesen. Fröhlich und erwartungsvoll besprach ich mit der Frisöse den Haarschnitt und die Farbe der Haartönung. Hier möchte ich kurz berichten, dass ich innerhalb der ersten Krankenhaustage nach dem Schlaganfall so viele graue Haare bekommen hatte, dass es manchem Besucher die Sprache verschlug. ,Über Nacht grau geworden' sagt man nicht nur so daher, das kann in der Tat geschehen. Nun begann die Frisöse mit ihrer Arbeit und ich den Kampf mit meinen Nerven. Warum? Ein anderer Frisör bediente einen anderen Kunden und sie unterhielten sich gegen die Geräuschkulisse, die der Fön verursachte. Das Radio lief im Hintergrund und das Telefon schellte hin und wieder. Sie können sich nicht vorstellen, was diese vielen Reize in meinem Kopf bewirkten. Ich hatte zwischenzeitlich das Gefühl, ich halte es nicht mehr aus. Ich merkte, wie meine linke Gesichtshälfte kribbelig taub wurde. Das Gleiche passierte in meinem linken Bein und dem rechten Arm. Ich war noch nie so froh, einen Frisörsalon verlassen zu können wie an diesem Tag.

Ebenfalls während meiner ersten Woche zu Hause ging ich zu Fuß zum Büro, um dort nach gut sechs Wochen Abwesenheit eine Tasse Kaffee mit meinem Kollegen zu trinken. Der Weg führt über eine relativ befahrene Hauptverkehrsstraße. Ich stand auf der gegenüberliegenden Straßenseite meines Büros und geriet förmlich in Panik, weil ich das Gefühl hatte, ich schaffe es nicht, über diese Straße zu kommen. Es stürzten plötzlich so viele Reize auf mich ein. Die lauten Straßengeräusche durch den Fahrzeuglärm, viele und von beiden Seiten fahrende Autos, Radfahrer auf den Radwegen beider Straßenseiten, Fußgänger auf den Fußwegen. Insgesamt so verwirrend, dass ich das Gefühl hatte, ich schaffe es nicht, die Straßenseite zu wechseln. Ich fühlte mich wie ein Kleinkind, das erstmals ohne Hilfe eine Straße überqueren soll.

Ähnlich erging es mir beim ersten Einkauf im Supermarkt. Musik und Werbung ertönten durch die Lautsprecher im Hintergrund. Um mich herum lauter Menschen und Gespräche. Ich selbst musste in Hin- Her- Auf- und Abbewegungen Ware aus den Regalen in den Einkaufswagen packen, an der Kasse wieder aus- und wieder einpacken. Auf dem Parkplatz war es sehr laut durch die Geräusche von der Straße und Autos, die um mich herum an- und abfuhren. Einkäufer, die mit ihren Einkaufswagen hin- und herfuhren. Letztendlich musste nochmals die Ware vom Einkaufswagen ins Auto gepackt werden. Ich fühlte mich nach dem Einkauf so erschöpft, als hätte ich einen Marathonlauf hinter mir, total ausgelaugt und vor allem schwindelig. Begleitsymptome waren bei einer solchen Reizüberflutung immer das Kribbeln der linken Gesichtshälfte und Kraftlosigkeit bzw. leichtes Taubheitsgefühl im linken Bein und rechten Arm.

Hatte ich keine Möglichkeit, nach Einsetzen dieser Symptome unverzüglich eine Ruhephase einzulegen, steigerte sich das folgendermaßen.

Das linke Ohr begann zu schmerzen und es setzten leichte Schluckbeschwerden ein. Danach kam in Folge Schwindel, verbunden mit Sehstörungen und Kopfschmerzen auf der linken Seite und an der oberen Schädeldecke. Gleichzeitig begannen meine Beine und Hände heftig zu zittern und das Herz raste, so dass ich es am Hals spüren konnte.

Ich hatte das Gefühl ohnmächtig zu werden. Es fühlte sich so an, als ob mir das Blut von oben nach unten aus dem Körper herausströmen würde und ich merkte, wie mir förmlich der Kopf ‚leer' lief. Ich vermute, dass das Gehirn ab einer gewissen Reizüberflutung zu seinem Schutz einfach ‚abstellte'. Dieses Abstellen war nicht manipulierbar. Somit wurde ich gezwungen, rechtzeitig zu reagieren, ob ich wollte oder nicht.

So weit, wie ich es soeben geschildert habe, ließ ich es allerdings nur ein einziges Mal kommen. Das war während meiner zweiten Woche zu Hause, nach der Reha. Mein Kollege hatte wegen einer Familienfeier einen Tag Urlaub genommen und ich war erstmals über einen längeren Zeitraum ohne ihn in der Firma tätig. An diesem Morgen war dann ausgesprochen viel zu tun und es kamen unvorhergesehene Kundentermine dazu.

Ich wollte meinem Kollegen unbedingt diesen einen freien Tag ermöglichen und versuchte unter allen Umständen durchzuhalten.

Ergebnis war, dass ich es mittags gerade noch bis nach Hause schaffte, ehe die oben geschilderten Symptome in voller Bandbreite eingesetzt hatten. Ich musste den Arzt anrufen, weil ich dachte, ich bekäme einen erneuten Schlaganfall. Mein neuer, nach der Reha gewechselter Hausarzt, kam sofort nach Schilderung meiner Beschwerden zu mir nach Hause. Er untersuchte mich gründlich und fachkompetent und beruhigte mich auf sehr angenehme Weise. Er blieb so lange, bis es mir deutlich besser ging.

Dieses Erlebnis war mir eine Lehre. So weit ließ ich es nie wieder kommen.

Um auf das Einkaufen zurückzukommen. Ich gewöhnte mir an, vormittags möglichst früh, gegen 8.00 Uhr einkaufen zu gehen. Da ist oftmals noch keine Musik über die Lautsprecher geschaltet, es sind wenig Menschen im Laden und es geht insgesamt sehr ruhig und beschaulich zu. An der Kasse packe ich mit beiden Händen gleichzeitig die Ware auf das Fließband, so dass ich mich nur halb so oft hin und her bewegen muss.

Bereits während der ersten Tage zu Hause hatte ich bemerkt, dass ich nur wenige (hiermit ist die Anzahl der Personen gemeint) Personen um mich herum als angenehm empfand. Kamen Besucher und das waren in diesen Tagen nicht wenige, wurde es schon nach kurzer Zeit anstrengend für mich. Wenn ich ,anstrengend' sage, meine ich, dass die bereits benannten Symptome einsetzten. Das linke Bein, der rechte Arm, die linke Gesichtshälfte wurden kribbelig bzw. taub. Kamen mehrmals am Tag Besucher war das für mich irgendwann nicht mehr zu bewältigen. So musste ich mehrfach Besucher bitten, mich zu entschuldigen, weil ich mich zurückziehen musste. Das war eine sehr unangenehme und peinliche Erfahrung. Anfangs versuchte ich trotz Erschöpfungssymptomen einfach durchzuhalten und mich nur aus den Gesprächen zurückzuziehen, stellte aber schnell fest, dass das keinen Sinn bzw. keine Entspannung ergab. Wenn das Gehirn sagte: „Schluss", dann war Schluss, ohne wenn und aber.

An manchen Feiern, wie zum Beispiel Geburtstagen oder Grillabenden bei Freunden konnte ich nur bedingt teilnehmen. Meine jeweilige Tagesform spielte zum einen hierbei eine Rolle sowie zum anderen die Atmosphäre der Geselligkeit. Manchmal war ich geneigt, die Gäste zu bitten, doch bitteschön nacheinander und nicht durcheinander zu reden. Auch dachte ich das ein oder andere Mal, warum eigentlich immer Musik im Hintergrund laufen muss. Diese beiden Faktoren waren für mich KO - Punkte, die relativ schnell dazu führten, dass ich die Feier verlassen musste. Manchmal blieb ich eine Stunde, manchmal zwei. Viel länger konnte ich es aber keinesfalls unter mehr als etwa vier bis sechs Personen aushalten.

Die von mir mit Ungeduld erwartete Rückkehr in meine Firma sollte in kleinen Schritten, also stundenweise erfolgen, so hatte es mir der Professor der Rehaklinik bei der Abschlussbesprechung nahegelegt. ,Stundenweise', das hatte ich natürlich ironisch belächelt und mir selbstverständlich viel mehr zugetraut. Zu dem Zeitpunkt war mir noch nicht klar, wie lang und anstrengend eine einzige Stunde sein kann. Den ersten Arbeitstag begann ich an einem frühen Nachmittag während meiner zweiten Woche zu Hause. Er dauerte ganze 45 Minuten. Am Ende dieser Dreiviertelstunde war ich so fertig, dass ich dachte, ich schaffe es nicht mehr bis nach Hause.

Ursache für diese kurze Belastbarkeit war zum einen, dass ich mich so sehr freute und deshalb ziemlich aufgeregt war, endlich wieder an meinem Arbeitsplatz zu sein. Zum anderen machte ich den Fehler und begann mit der Arbeit am Computer. Die Tätigkeit am Computer war und ist noch heute eine der anstrengendsten Aktivitäten überhaupt. Wahrscheinlich liegt das an den ständigen schnellen Blickwechseln und -bewegungen der Augen. Noch heute fällt mir die Arbeit am Bildschirm nach einer gewissen Zeit schwer und ich muss immer mal wieder Ruhepausen einlegen, in denen ich mich mit anderen Dingen beschäftige. Unweigerlich treten ansonsten Schwindel verbunden mit Sehstörungen und in Folge Kopfschmerzen auf.

An dem besagten ersten Arbeitstag klingelte dann noch einige Male das Telefon, so dass ich in der Tat nach 45 Minuten die Grenze meiner derzeitigen Belastbarkeit erreicht hatte.

Am Abend dieses Tages war ich unglaublich deprimiert. So hatte ich mir den Arbeitseinstieg nicht vorgestellt. An diesem Abend flossen wieder einmal reichlich Tränen und es kam wieder die verzweifelte Frage hoch, wie wird das alles werden und enden. Werde ich jemals wieder voll leistungsfähig sein?

Um die Reihe der Beispiele betreffend der Reizverarbeitung zu beenden, hier noch eine letzte Episode, die sich etwa drei Wochen nach Beendigung der Rehamaßnahme ereignete: Mein Mann und ich nahmen uns vor, von nun an regelmäßig Fahrrad zu fahren, um meine physische Fitness ein bisschen aufzubessern. Außerdem waren wir vor meinem Schlaganfall auch sehr viel geradelt, weil wir Spaß daran hatten. Schließlich war es herrliche Frühsommerzeit, die geradezu dazu einlud. Wir hatten uns eine ungefähr zweistündige Route mit Essenspause ausgesucht, die hauptsächlich über ruhige Wirtschafts- und Waldwege führte. Das Radeln an sich ging sehr gut und machte mir, erstmals wieder in der freien Natur statt auf dem Ergometer, total Spaß. Früher waren mein Mann und ich nebeneinander hergefahren und hatten uns während des Radfahrens gemütlich unterhalten. Schon bald merkte ich, dass mir das Radeln in dieser altgewohnten Art nicht möglich war. Nebeneinander radeln und reden war eine Kombination, die ich nicht bewältigen konnte. Nicht einmal das Nebeneinanderherfahren alleine ging. Es irritierte und stresste mich, diese Dauerbewegung direkt neben mir wahrzunehmen. Ein zusätzlicher Stressfaktor stellte sich immer dann ein, wenn uns Fahrzeuge wie Autos oder Motorräder von hinten überholten.

Seltsamerweise machte mir Verkehr, der uns entgegen kam, entschieden weniger aus. Überhaupt möchte ich an dieser Stelle einfügen, dass ich Geräuschen gegenüber unheimlich empfindlich war. So wurde ein vorbeifahrendes Auto oder Motorrad mit entsprechender Geräuschkulisse zu einem erheblichen Reiz. Laute Geräusche, wie beispielsweise vom Rasenmäher, Staubsauger und insbesondere das Klingeln des Telefons, waren lange Zeit fast unerträglich für mich.

Als eines Mittags während meiner Mittagspause der Hund eines Nachbarn über eine Stunde lang permanent bellte und jaulte, konnte ich anschließend nicht mehr arbeiten gehen, weil mich diese Geräuschkulisse total fertig machte.

Oder als beispielsweise ein anderer Nachbar in seinem Garten ein Holzhaus baute und die Mittagspause von permanenter Radiomusik und Hämmern gestört war, erlebte ich den gleichen Effekt.

Laute Geräusche bewirkten eine solche Reizüberforderung des Gehirns, dass es unweigerlich mit den bekannten Symptomen reagierte, die mich letztendlich außer Gefecht setzten.

Es war schon ein sonderbares Gefühl, bei allen möglichen alltäglichen Tätigkeiten festzustellen, dass nichts mehr wie früher war. Vor allem traf es mich immer wieder völlig unvorbereitet. Beim Radfahren hatte ich beispielsweise vorausgesehen bzw. befürchtet, dass ich möglicherweise mit der vorbeiziehenden Landschaft Probleme haben würde. Niemals wäre mir jedoch in den Sinn gekommen, dass die Kombination radeln und reden und auch das Nebeneinanderfahren nicht funktionieren könnte. Es waren diese vielen unvorhersehbaren Situationen, die mich angesichts ihrer Vielzahl zur Verzweiflung brachten. Immer und immer wieder deprimierte es mich zu bemerken, was ich alles nicht konnte bzw. nicht ertragen konnte. Insbesondere deshalb, weil es mir während der vorangegangenen Zeit in der Rehaklinik überhaupt nicht bewusst geworden war. Auch hatte mir niemand, weder Arzt noch Therapeut geschildert, was da möglicherweise auf mich zukommen würde. Sie hatten von einer Regenerationsphase von ungefähr sechs Monaten gesprochen, aber in keinster Weise deutlich gemacht, was das im Einzelnen für den Alltag bedeuten würde. Vielleicht wissen sie es ja auch gar nicht, denn der betroffene Patient bemerkt es wohlmöglich in der Regel erst dann, wenn er sich wieder in den Alltag zu integrieren versucht. Zu diesem Zeitpunkt hat er die Rehaklinik jedoch bereits verlassen und es besteht kein Kontakt mehr dorthin. Vielleicht wäre ein Erfahrungsbericht der Rekonvaleszenszeit an die Rehaklinik nach Ablauf von sechs bis zwölf Monaten eine sinnvolle Anregung und Idee für die Zukunft? Vielleicht wissen es die Ärzte und Therapeuten der Rehaklinik auch deshalb nicht, weil die meisten Schlaganfallpatienten sich im Rentenalter befinden und nicht ins ‚volle Leben‘ einschließlich Berufsalltag und einem Mehrpersonenhaushalt mit Kindern und all der damit verbundenen Arbeitsbelastung zurückkehren müssen.

Mein jetziger Hausarzt, den ich angesichts der Problematik befragte, vermutet, dass es von Patient zu Patient möglicherweise unterschiedlich sei und vor allem davon abhänge, an welcher Stelle das

Gehirn Schaden genommen habe. Ich bin mir allerdings nicht sicher, ob das so ist.

Mein Tischnachbar, Rainhard, erlebte diese Problematik beim Nachhausekommen ebenso dramatisch wie ich. Auch er war durch die Reizüberflutung völlig überfordert und entsetzt, weil unvorbereitet. Es beruhigte uns letztendlich gegenseitig, dass wir diese Symptome beide erlebten, sie also in die Akte ‚normal nach Schlaganfall' ablegen konnten, ohne erneut in Panik und Zukunftsängste zu verfallen. Auf diese Weise profitierten wir immer wieder aus unserer ‚Zweierselbsthilfegruppe'. Apropos ‚Selbsthilfegruppe'. Zufälligerweise stand in unserer örtlichen Presse eine Berichterstattung über die monatlichen Treffen der Selbsthilfegruppe Schlaganfall. Da ein Foto der Gruppe abgebildet war, sah ich, was ich bereits vorausgesehen hatte, nämlich Teilnehmer im fortgeschrittenen Seniorenalter, somit offensichtlich keine Basis für mich, dem Altersaußenseiter.

Rainhard erzählte mir in einem Telefonat, dass er auf der Autofahrt von der Klinik nach Hause, bereits am ersten Parkplatz anhalten ließ, weil ihm so übel war, dass er nicht weiter fahren konnte.

Auch er hatte ein Frisörerlebnis, wie ich es erlebt und bereits beschrieben habe. Sein erster Arbeitstag dauerte ganze 30 Minuten und der Besuch von oder bei Freunden strapazierte ihn angesichts der vielen Reize in gleicher Art und Weise wie mich. Es beruhigte uns gegenseitig immer wieder, in unserem regelmäßigen telefonischen Austausch festzustellen, dass wir beide die gleichen Erfahrungen machten, diese Beeinträchtigungen also offensichtlich normal waren. Diese Tatsache war eine enorme Erleichterung für uns beide und linderte den psychischen Druck, der ohnehin schon groß genug war. Unsere Gespräche waren nach wie vor Ventil und Entlastung für mich und meine angeschlagene Psyche. Dann jedoch folgte ein Telefonat, das alles verändern sollte. In diesem Telefonat erzählte mir Rainhard plötzlich und relativ zusammenhanglos, dass er seit über

30 Jahren glücklich verheiratet sei, dies auch bleiben möchte. Die Beziehung zu seiner Frau sei stark und stabil und ihm wichtiger als jede Freundschaft. Ich war angesichts des Gesagten wie vor den Kopf gestoßen. Es hörte sich für mich geradezu so an, als würde ich ihn anbaggern und seine Ehe gefährden. Ich war so maßlos enttäuscht, dass ich es noch heute kaum in Worte fassen kann.

Schon während unserer ersten Abendspaziergänge hatten wir uns über unsere Partnerschaften und Familien unterhalten und waren beide übereinstimmend der Meinung, dass diese solide Basis die Grundlage unserer beider Leben sei. Schon zu diesem sehr frühen Zeitpunkt hatten wir unserer freundschaftlichen Beziehung zueinander von Anfang her sehr klare Absichten und Grenzen gesetzt. Uns zwei Leidensgenossen verband eine außergewöhnliche Freundschaft, eine besonders vertrauensvolle und ungewöhnlich schnell geschlossene Freundschaft, mit großem Verständnis füreinander.

Warum redete er nun plötzlich auf diese für ihn völlig untypische Art und Weise mit mir? Was an unserer Freundschaft hatte sich plötzlich verändert, fragte ich mich und einige Tage nach besagtem Telefonat fragte ich es letztendlich auch Rainhard.

Ohne dass er es klar und deutlich beim Namen nannte, erfuhr ich nun mehr oder weniger zwischen den Zeilen, dass es die Eifersucht seiner Frau war, die ihn veranlasst hatte, auf die geschilderte Weise mit mir zu sprechen. Ich hatte den Eindruck, dass er selbst sehr unglücklich über die entstandene Situation war. Einerseits war ihm unsere Freundschaft und deren Erhalt ungemein wichtig. Andererseits wollte er seine Frau nicht verletzten und ihr noch mehr zumuten, als das, was sie in den vergangenen Wochen durch seinen Schlaganfall bereits durchgemacht hatte. Ich fiel aus allen Wolken.

Ich hatte seine Frau am Ende meiner Rehazeit kennen gelernt und fand sie total sympathisch. Wir hatten uns supergut unterhalten und verstanden. Ich hatte den Eindruck gehabt, dass die Chemie zwischen ihr und mir stimmte und das freute mich ungemein angesichts meiner

Erwartung, dass wir in der Zukunft möglicherweise innerhalb unserer Familien Kontakt haben könnten. Ich freute mich auf mögliche gemeinsame Aktivitäten zu viert oder sogar gemeinsam mit unseren jüngsten Söhnen, die beide im gleichen Alter sind.

Ähnliche Eifersüchteleien erlebte ich selbst dann allerdings überraschenderweise zeitgleich zu Hause und im Büro.

Ergebnis dieses Konfliktes war, dass mein Mann die ‚Flucht ergriff' und so gut wie jeden Abend angeln ging, um sich abzureagieren.

Mein Kollege unterstellte mir, dass er als mein Gesprächspartner und Vertrauter nun der Vergangenheit, nämlich der Zeit vor dem Schlaganfall, angehöre und durch den ‚neuen Vertrauten', meinem Tischnachbarn aus der Reha, ersetzt wurde. So'n Quatsch. Ich verstand die Welt nicht mehr und saß zwischen allen Stühlen. Aufgrund dieser entstandenen Problematik in unserer beider Familien reduzierten Rainhard und ich unsere Telefonate und Gespräche auf ein Minimum.

Heute frage ich mich: „Ist bzw. war das in Ordnung?" Jetzt hatten wir zu allem vergangenen Leid auch noch schlechte Gewissen unseren Partnern gegenüber, weil diese eifersüchtig darauf waren, dass wir uns gegenseitig vertrauten, verstanden und geholfen hatten in der bisher schwersten Zeit unserer Leben.

Sie waren eifersüchtig darauf, dass sie uns nicht in der Weise verstehen konnten, wie ein Betroffener selbst dies kann, der alles Leid an Leib und Seele selbst erfahren hat. In dieser Zeit verstand ich das Zitat ‚Eifersucht ist eine Leidenschaft, die mit Eifer sucht, was Leiden schafft'.

Dadurch, dass unsere Telefonate nun nicht mehr unbelastet waren und sich auf wenige kurze Gespräche reduzierten, stand ich zunächst unter regelrechtem Entzug. Hätte man mir meine Blutverdünnungstabletten weggenommen, hätte ich psychisch vermutlich ebenso reagiert. Gott sei Dank erhielt ich diese jedoch auf Rezept.

Die Gespräche mit Rainhard konnte ich mir leider nicht per Rezept verordnen lassen. In dieser Zeit begann ich zunehmend unruhiger zu schlafen. Fast jede Nacht wurde ich zwischen zwei und drei Uhr wach und konnte nicht wieder einschlafen. Infolge des Schlafmangels war ich tagsüber wesentlich weniger belastbar und leistungsfähig. Diese belastende, unerfreuliche Situation warf mich in meiner Regeneration deutlich zurück.

Erschwerend kam dann noch hinzu, dass Rainhard einen Rückfall erlitt und für einige Tage ins Krankenhaus auf die Intensivstation kam.

Natürlich belastete mich diese Situation in doppelter Hinsicht. Einerseits machte ich mir seinetwegen große Sorgen, und andererseits hatte ich Angst, dass mir das möglicherweise auch selbst passieren könnte.

So kämpfte ich von nun an alleine mit all den tausend Hemm- und Hindernissen des alltäglichen Lebens. Ich versuchte zwar immer wieder mit meinem Mann oder Kollegen einzelne Situationen, die mich belasteten, zu besprechen, erfuhr jedoch, dass sie mir zwar gute und gutgemeinte Ratschläge erteilten, sich ehrlich und ernsthaft um Verständnis bemühten, jedoch nicht fühlten, was ich fühlte. Heute, beim Schreiben dieser Zeilen, vier Monate nach dem Schlag, sind meine Vertrauten und Gesprächspartner wieder die Alten. Durch die vielen Gespräche, die gemeinsam gelesenen Bücher und den Lauf der Zeit, ist die Basis des gegenseitigen Verstehens wieder weitestgehend hergestellt und Grundlage des alten neuen Vertrautseins geworden.

Ich selbst bin mittlerweile wieder so weit in mir selbst gefestigt und im Alltag integriert, dass ich den Austausch mit Rainhard nicht mehr zwingend brauche. Die Art und Weise des Entzugs jedoch bedauere ich noch immer außerordentlich und insbesondere auch den Verlust einer tiefen Freundschaft.

Hoffentlich werden unsere Lebenspartner irgendwann einsehen, dass sie uns zwei vom Schlag getroffenen in der damaligen Situation das Leben nicht gerade erleichtert hatten. Das schlechte Gewissen sollte sich nach meinem heutigen Empfinden eher auf deren Seite befinden.

Für mich war das schlechte Gewissen mittlerweile zu einem treuen Begleiter geworden. Auch meiner Mutter gegenüber hatte ich es.

Die war in der Zwischenzeit krank geworden. Sie hatte einen überhöhten Blutdruck von über zweihundert zu noch was. Da keine körperliche Ursache zu finden war, vermutete der Arzt Stress und psychische Belastung als Auslöser. Sie hatte all die Wochen meiner Krankheit und Abwesenheit zwei Haushalte mit Waschen, Bügeln und Kochen geführt und sie hatte sich natürlich um mich, als ihr Kind, gesorgt. Nun kam die Quittung. Mit 69 steckt man eine solche Belastung logischerweise nicht einfach so weg. Ich machte mir fürchterliche Sorgen, da gerade hoher Blutdruck ein ganz großer Risikofaktor und Auslöser für einen Schlaganfall ist. Mit Hilfe von blutdrucksenkenden Tabletten ging es ihr nach kurzer Zeit wieder besser, jedoch mein schlechtes Gewissen, meine Mutter krank gemacht zu haben, das blieb.

Unser Sohn Simon entwickelte sich immer mehr zum Problemfall. Er flippte regelrecht aus. Blieb nachts länger weg als er durfte, hatte null Bock auf Schule und Hausaufgaben und drückte sich vor jeder Arbeit und Verantwortung zu Hause. Es gab Ärger über Ärger. Auch hier meldete sich mein Gewissen zu Wort und gab zu bedenken, dass dieses Kind sich durch meine Krankheit in derzeitiger Ausnahmesituation befand.

Mein Kollege erlitt einen Hörsturz, ein typisches Stressleiden. Kein Wunder, sagte mir mein Gewissen, er musste all die Wochen doppelte Arbeit leisten, um es mir so leicht wie möglich zu machen. Auch ihn hatte ich durch meine Krankheit krank gemacht.

Und dann waren da die vielen kleinen Entscheidungen des Alltags, die ein schlechtes Gewissen machten. Ging ich tagsüber arbeiten, konnte ich abends nicht zur Geburtstagsfeier einer Freundin gehen. Entschied ich mich fürs Arbeiten sagte mein Gewissen, dass die Freundin sicher denke: „Arbeiten geht sie, aber mein Geburtstag ist ihr das Kommen nicht wert." Ging ich ein paar Stunden weniger arbeiten, um an einer abendlichen Feier teilzunehmen, sprach mein Gewissen aus Sicht meines Kollegen: „Feiern geht sie, aber arbeiten kann sie nicht." So und ähnlich erging es mir Tag für Tag in hunderten Kleinigkeiten. Ständig hatte ich das Gefühl, die Menschen meines Umfeldes verstanden die Problematik meiner Unbelastbarkeit nicht.

Meine Schwester reagierte beispielsweise empfindlich sauer, als ich mich weigerte, ein freies Wochenende, an dem mein Mann auf Angeltour war, bei ihr in Mönchengladbach zu verbringen. Mir grauste jedoch vor dem Stress eines solchen Wochenendes, weil es neben zwei mal zwei Stunden Autofahrt, das permanente Zusammensein mit ihrer fünfköpfigen Familie bedeutete. Meine Nichten stehen mir sehr nahe und sind mir ungeheuer wichtig, aber das Drumherum bedeutete für mich einen solchen Stress, dass ich montags, zu Wochenbeginn, völlig fertig gewesen wäre. Ich benötigte das Wochenende jedoch dringend zur Erholung, da ich durch meine Arbeit in der Firma und den Haushalt schon während der Woche permanent an meine Grenzen ging.

Eigentlich hatte ich mir den Einstieg ins normale Leben irgendwie anders vorgestellt. So jedenfalls keinesfalls. Der einzige Trost war oftmals die Tatsache, dass es mir von Tag zu Tag besser ging und ich kleine aber regelmäßige Belastbarkeitsfortschritte machte.

Ein großer Trost war in dieser Zeit auch mein Kollege, der mich anfänglich rigoros und kompromisslos sofort aus dem Büro nach Hause schickte, wenn er Zeichen der Erschöpfung an mir feststellte.

Auch organisierte er hin und wieder die Möglichkeit, dass wir Beruf und Freizeit miteinander verbanden und beispielsweise zu meinem Vergnügen, nach Holland, in eine große Gärtnerei fuhren und einmal sogar eine mehrstündige Bootsfahrt machten.

Das waren Highlights, die mich wieder aufrichteten und froh und optimistisch stimmten. Aus solchen und anderen Erlebnissen im Freundes- und Familienkreis sog ich die Kraft, die ich für den problematischen Alltag benötigte. Während dieser Zeit hörte ich im Radio einen alten Schlager, den Karel Gott vor vielen Jahren gesungen hatte. Dieser Schlagertext hatte nun plötzlich für mich eine Bedeutung bekommen: ‚Fang das Licht von einem Tag voll Sonnenschein. Halt es fest, schließ es in deinem Herzen ein. Heb es auf und wenn du einmal traurig bist, dann vergiss nicht, dass irgendwo noch Sonne ist …'. Ich bemühte mich, ganz viel Licht in meinem Herzen einzuschließen und zu speichern, um in düsteren Zeiten auf diesen Vorrat zurückgreifen zu können. Ob das funktionieren würde?

Durch meine Krankheit hatte und habe ich gelernt, mich an klitzekleinen Kleinigkeiten zu erfreuen. Schöne Dinge des Lebens bekamen eine völlig neue Wertung für mich. So konnte und kann ich mich an der Natur, wie beispielsweise Blumen, Pflanzen, dem Geruch des Waldes, blitzendes Wasser in der Sonne, Vogelgesang und vielem mehr, unglaublich erfreuen.

Schöne Momente in der Partnerschaft, mit den Kindern oder mit Freunden genieße ich mit einer ganz neuen Intensität. Viele Dinge des Lebens, die vor dem Schlag selbstverständlich für mich waren, hatten und haben eine ganz neue Wertschätzung erhalten.

Hoffentlich wird diese Bewusstseinsänderung nicht irgendwann vom Schlendrian des Alltags eingeholt und überholt werden. Um dem vorzubeugen, habe ich mir ein Bild ins Schlafzimmer gehängt, auf das ich vom Bett aus schauen kann. Das Bild zeigt den See nahe der Rehaklinik im Licht der untergehenden Sonne. Die Bäume spiegeln sich in der Wasseroberfläche glasklar spiegelbildlich wieder. Dieses von mir fotografierte Naturschauspiel habe ich folgendermaßen untertitelt:

Irgendein See im Abendlicht?
Für mich ist er das sicher nicht.
Symbol – der Spiegel – sei er mir,
ich seh hinein und reflektier.
Die zweite Chance, das neue Leben,
was wird es mir und durch mich, andern geben?

Im August 2003 ging ich vormittags bereits etwa 3 Stunden und nachmittags, nach einer ausgedehnten Mittagspause, mit richtigem Mittagsschlaf, nochmals etwa 2 bis 3 Stunden ins Büro. Ich bemühte mich, voll einsatzfähig zu sein, inklusive Computerarbeit und aller anfallenden Besichtigungs- und Kundentermine. Je nach Arbeitsbereich, Hektik und Atmosphäre war ich früher oder später am Ende meiner Kräfte.

Jeweils mittags und abends, zu Hause angekommen, war ich jedoch einfach nur fix und fertig. Dann traf ich nur noch eine einzige Entscheidung: Bett oder Sofa. Manchmal schaffte ich es abends noch ein Stündchen zu bügeln oder zu putzen. Manchmal schaffte ich es, etwas an meinem Buch zu schreiben.

Manchmal las ich in einem Buch oder einer Zeitschrift. Manchmal fuhren mein Mann und ich mit dem Rad raus. Manchmal grillten wir mit der Familie oder Freunden. Manchmal, nein oft, schaffte ich gar nichts mehr – außer weinen.

Früher, vor meinem Schlaganfall, da war ich eine richtige Powerfrau gewesen. Den Haushalt schmiss ich locker neben meinem Arbeitsalltag und es blieb immer noch genügend Energie für die schönen Dinge des Lebens wie zum Backen, Kochen, Basteln, Gärtnern und vielem, was ich gerne machte.

Nun war ich nach dem Bürotag und manchmal schon nach wenigen Stunden so fertig, dass ich im Anschluss daran oft gar nichts mehr machen konnte.

Der Kopf plante, organisierte und wollte alles Mögliche unternehmen, der Körper war jedoch so erschöpft, dass nichts mehr ging.

Erstmals in meinem Leben wünschte ich mir während dieser Zeit, nicht selbständig zu sein. Wie gerne hätte ich in dieser belasteten Zeit deutlich weniger gearbeitet, um mit meinen Kräften besser haushalten zu können.

Das Arbeitspensum durch Firma und Haushalt, das ich früher mit links erledigte, war nun zu einer schier unlösbaren Belastung geworden, die mich förmlich erschlug. Durch die ständige Überforderung und permanente Müdigkeit verlor ich mehr und mehr die Lust an allen Tätigkeiten, sei es zu Hause oder im Büro. Ernsthaft überlegte ich, mich ganz oder teilweise aus der Firma zurückzuziehen. Ich empfand, dass die Toleranz- und Belastbarkeitsgrenze meines Kollegen nach nunmehr vier Monaten erreicht war. Es war nicht abzusehen, wie lange es noch dauern würde, bis ich den alten Belastungszustand wieder erreicht haben würde. Eigentlich war nicht einmal abzusehen, ob ich ihn überhaupt jemals wieder erreichen würde.

Ich erinnerte mich an den eisernen Wunsch und Willen in die Firma zurückzukehren, wie ich ihn in den ersten Wochen nach dem Schlag erlebt und empfunden hatte. Damals war er Antrieb für mich gewesen. Aus ihm nahm ich die Kraft zum Kämpfen. Mittlerweile war ich so zermürbt, dass dieser Wunsch von Tag zu Tag schwächer wurde. Mit ihm schwächten sich jedoch auch der Lebensmut und die Lebensfreude. Immer häufiger verfiel ich in Phasen der Depression. Während einer dieser Phasen fiel mir die Aussage des Arztes meiner ersten Nachsorgeuntersuchung ein. Er hatte gesagt, dass viele Patienten mit meinem Krankheitsbild nicht in ihren Alltag zurückfinden würden. Damals hatte ich angenommen, dass er die psychologische Seite, die Bewältigung der Angst, meinte. Diese wird jedoch sicherlich nicht das einzige Kriterium gewesen sein, denn die körperliche Anforderung bzw. Überforderung scheint es zu sein, die den Betroffenen mürbe macht und ihm letztendlich die Lebenslust und Freude nimmt. Hinzu kommen unweigerlich Probleme mit den Menschen des nahen und fernen Umfeldes, weil niemand sich in die zermürbende Situation hineinversetzen kann und letzten Endes reicht plötzlich die Kraft nicht mehr aus. Der Wille gesund zu werden, verliert an Intensität und stirbt möglicherweise irgendwann ganz. Ich merkte an mir selber, dass ich mich auf diesem Wege befand. Mir wurde einfach alles zu viel und ich wollte aufgeben, einfach aufgeben und nicht mehr weiterkämpfen. Nur noch Ruhe und Frieden haben.

Mein Mann und ich besprachen die Möglichkeit, unser großes Haus gegen ein kleineres, pflegeleichteres einzutauschen. Außerdem überdachten wir meinen teilweisen oder ganzen Rückzug aus der Firma.

Mein Mann hielt jedoch den Zeitpunkt einer solchen Entscheidung für entschieden zu früh. Dieser sollte, seiner Meinung nach, mindestens vier bis sechs Monate nach hinten verschoben und gründlich von allen Seiten durchdacht sein. Jedoch ging es mir nach diesem Gespräch deutlich besser, da ich eine Perspektive sah, für den Fall, dass ich meinen alten Belastungszustand nicht wieder erreichen würde. Auch mein Kollege hielt den Zeitpunkt einer solchen Entscheidung für entschieden zu früh. Er bemühte sich, mich davon zu überzeugen, dass ich bereits einen Großteil meiner alten Arbeitsfelder wieder leistete und dass wir einen Weg finden würden, meine Belastbarkeitsgrenze nicht zu überschreiten, ohne die Firma und ihn überdimensional zu belasten. Dank diesem Verständnis, entgegengebracht von meinen beiden wichtigsten Lebenssäulen, ging es mit vereinten Kräften weiter in die nächste Runde des Kampfes. Und ich sage ihnen, so fühlte ich mich. Wie ein Boxer im Ring. Runde um Runde musste ich auskämpfen. Punkt für Punkt.

In einer Familienratssitzung hatten wir bereits kurz nach Beendigung der Reha die Hausarbeit auf alle Familienmitglieder aufgeteilt. Ergebnis war, dass die gewaschene Wäsche oftmals eine Woche lang in Wäschekörben herumstand, weil unser älterer Sohn Henrik vor lauter Freizeitstress keine Zeit zum Wegfalten hatte. Hin und wieder gab es keinen Aufschnitt aufs Frühstücksbrot, weil niemand einkaufen gegangen war. Der Rasen und die Außenanlagen unseres Hause hatten hin und wieder Wildwiesencharakter, was daran lag, dass Simon wichtigere Dinge zu tun hatte als diesen seinen Aufgabenbereich zu versorgen. Ich registrierte das alles, bekam eine Krise nach der nächsten und wünschte mir, mein Körper würde sich ein bisschen mehr beeilen mit dem Regenerieren. Jedoch hatte ich lernen müssen, fünf gerade sein zu lassen und darüber hinweg zu sehen. Die anderen Familienmitglieder konnten es schließlich auch. Sie lernten während dieser Zeit übrigens zu schätzen, was ich vor dem Schlag alles ‚so nebenbei' gearbeitet hatte. Wie sagte Simon einmal, als er mir dabei half Erdbeermarmelade auf Vorrat für den Winter zu kochen: „Mama, sag nie wieder: ‚Ich mache mal eben ein paar Gläser Marmelade'." Das ‚mal eben' meinte er nach zwei Stunden Arbeit sei völlig daneben.

Neutral und von außen betrachtet ging es mir nach diesen vier Monaten eigentlich bereits wieder sehr gut. Ich selbst empfand diese Tatsache jedoch durch die permanente Erschöpfung ganz anders und insbesondere ging es mir viel zu langsam voran. Oftmals lag ich tatenlos im Bett oder auf dem Sofa herum. Selbst lesen ging an manchen Tagen nicht mehr. Ich lag da und meine Nervenbahnen fühlten sich an wie Stromkabel, die unter Hochspannung stehen. Ich spürte regelrecht die Ströme der Spannung, der Vibration, durch meinen gesamten Körper fließen. Wenn ich an solchen Tagen vor Erschöpfung und Frust hin und wieder einmal weinte, war es meistens unser jüngster Sohn Simon, der dies bemerkte und der mich mit einem coolen Spruch wieder hochzog. So sagte er an einem dieser Tage beispielsweise ziemlich vorwurfsvoll angesichts meiner Depression zu mir: „Besser müde als behindert, oder?" Eigentlich hatte er ja recht.

Er war es auch, der mich jeden Abend an die Einnahme meiner Marcumartablette erinnerte und sich nach meinen Blutwerten erkundigte.

Sein fürsorgliches Verhalten mir gegenüber freute mich sehr.

Als die körperliche Anspannung, ja Hochspannung, so groß wurde, dass ich ihretwegen kaum mehr zur Ruhe und zur Entspannung fand, suchte ich eine mir bekannte Physiotherapeutin auf und bat sie um Hilfe.

Sie begann nun eine Therapie, in der sie mir die Nervenbahnen ausstrich. Das waren ganz sanfte streichelnde Massagebewegungen, die sich über den Kopf, Nacken und Rücken hinzogen. Die Physiotherapeutin konnte mit ihren Händen die gereizten, unter Hochspannung stehenden Nervenbahnen erfühlen und durch das Ausstreichen beruhigen. Durch diese, ihr eigene Gabe strich sie, ohne dass ich etwas sagen musste, genau die richtigen Stellen bzw. Nerven aus, so dass ich unter ihren Händen zunehmend entspannt und ruhig wurde.

Diese Behandlung tat unglaublich gut. Ich wurde entspannter und ausgeglichener und an den Abenden nach einer solchen Therapie konnte ich wesentlich leichter zur Ruhe finden und besser schlafen.

Einen befreundeten Apotheker befragte ich nach der Ursache und einer möglichen Medikation meiner permanenten belastenden Erschöpfung. Er empfahl mir ein spezielles B12 Vitaminpräparat, das seiner Aussage zufolge durch seine Wirkungsweise den Sauerstoffgehalt des Blutes erhöhen würde. Er vermutete, dass das Gehirn durch den eingeschränkten Aderfluss der gerissenen, nun möglicherweise eingeengten Ader, ungenügend Blut und somit Sauerstoff erhalte und auf diese Weise Müdigkeit und Erschöpfung verursache.

Mit Hilfe dieses Präparates ging es mir in der Tat etwas besser. Ich fühlte mich belastbarer und hatte plötzlich wieder Lust und Freude an den alltäglichen Arbeiten. Die Depressionsphasen wurden seltener und ich schlief ruhiger und entspannter. Insgesamt erfolgte durch das beruhigende Nervenausstreichen und der Einnahme des Vitaminpräparates wieder einmal ein entscheidender Schritt nach vorne. Die Symptome, die sich bei Belastung und Reizüberflutung einstellten, setzten mittlerweile deutlich später ein als noch vor wenigen Wochen. Insbesondere hatte sich die Reizverarbeitung erheblich verbessert. Ich konnte mittlerweile zu jeder Tageszeit beschwerdefrei einkaufen gehen, konnte an abendlichen Geselligkeiten schon bis zu drei oder manchmal vier Stunden problemlos teilnehmen. Musik oder andere Hintergrundgeräusche, wenn sie nicht zu laut waren, machten mir kaum noch etwas aus. Auch Fahrradfahren konnte ich bereits wieder in altgewohnter Weise.

Es gab gute und schlechte Tage und auch gab es nach wie vor die magische Grenze der Belastbarkeit. Jedoch war diese für meinen Alltag umgänglicher und verträglicher geworden. Sie äußerte sich noch immer durch Kribbeln der linken Gesichtshälfte und durch Kraftlosigkeit in Arm oder Bein.

Auch der Kopfschmerz war noch immer Botschafter von Überlastung und nach wie vor mein ständiger Begleiter. Und dann war da noch die Sache mit der Sonne. Da hatten wir in diesem Jahr 2003 den Sommer des Jahrhunderts, mit Sonnenschein und Hitze von April bis September und ich vertrug die Sonne nicht. So'n Mist. In der Tat war die Sonne nach wie vor ein großes Problem für mich. Zunächst wusste ich nicht, ob es das Licht, die Wärme oder die direkte Einstrahlung der Sonne auf meinen Kopf war, die den unmittelbaren Kopfschmerz verursachte, der mich in all den Monaten begleitet hatte. Draußen trug ich permanent Sonnenhut und Sonnenbrille, hielt mich aber nach Möglichkeit im Schatten oder besser noch im kühlen Haus auf.

Alle Welt verbrachte diesen herrlichen Sommer im Garten oder am Badesee und ich im verdunkelten Haus. Neidvoll sah ich auf meine braungebrannte Familie und unsere sonnenfrischen Freunde, die von ihren Sommerausflügen und Urlauben berichteten. Schließlich holte ich mir erstmals in meinem Leben eine Selbstbräunungscreme und schmierte mich von oben bis unten damit ein. Es half. Und es fiel auf. Plötzlich bemerkten alle Personen um mich herum, ich sähe doch schon viel gesünder und erholter aus. Ich fand das übrigens auch und fühlte mich auch irgendwie so. Da hatte ich der Psyche mal wieder ein Schnäppchen geschlagen, aber was soll's.

An dieser Stelle möchte ich kurz von meinem Vater berichten, der mich eines Tages auf meine Blässe und die dunklen Ringe unter den Augen aufmerksam machte und sorgenvoll sagte: „Kind, was siehst du schlecht aus." Ich antwortete ihm, dass ich das wisse, dass es mir am kommenden Tag jedoch mit Sicherheit besser gehen würde. Er hielt das für einen Scherz und lächelte mild ironisch. Am kommenden Morgen, nach dem Duschen, benutzte ich also mal wieder die ‚Sonne aus der Tube' und als ich mittags bei meinen Eltern hereinschaute, sah mein Vater mich total verdutzt an und meinte, ich sähe heute in der Tat viel besser aus. Wieso ich das am Vortag schon gewusst hätte? „Intuition", antwortete ich strahlend.

Ausgerechnet für dieses Jahr hatten wir bereits lange, bevor mich der Schlag traf, für die Sommerferien einen Urlaub auf der Sonneninsel Mallorca, ohne Reiserücktrittsversicherung und gemeinsam mit der Familie meiner Schwester gebucht. In den Jahren vorher waren wir häufig an der niederländischen Nordsee gewesen. Ich vermute, das wäre in diesem Jahr die bessere Urlaubsadresse für mich gewesen. Radfahren durch die Dünen und Strandwandern bei frischem Seewind waren Aktivitäten, die ich mir sehnlichst wünschte, seitdem ich aus der Reha zurück war. Niemals vorher im Leben hatte ich eine so starke Sehnsucht nach dem Meer mit seinem Salzgeruch und dem frischen Seewind gefühlt wie in dieser Zeit.

Zurück zur Sonne. Es stellte sich für mich zunächst die Frage, ob diese Sonnenunverträglichkeit durch die Einnahme des Blutverdünners Marcumar bedingt oder die Folge des Hirnschadens war? Ich fragte mich voller Sorge, ob sie irgendwann wieder vergehen würde oder ob sie mich für den Rest meines Lebens begleiten würde. Keiner der befragten Ärzte konnte mir diese Frage zufriedenstellend beantworten. Doch dann hatte ich wieder einmal Glück.

Während einer Therapie bei meiner Physiotherapeutin fragte diese mich so ganz nebenbei, ob ich Kopfschmerzen bei Sonneneinstrahlung bzw. Wärme habe. Als ich dieses erstaunt bejahte, erzählte sie mir, das sei ganz normal. Dies hätten viele Schlaganfallpatienten gehabt, die sie in der Vergangenheit behandelt habe. Ich reagierte wie elektrisiert und wollte Genaueres wissen.

Nun erklärte sie mir, dass sich in der Kopfhaut Wasser angesammelt habe. Das sei ein natürlicher Schutzvorgang des Körpers bei bzw. nach einer Verletzung. Durch die Wärme der Sonne würden sich die Gefäße erweitern, woraufhin die Nervenenden mit einer Schutzfunktion reagieren und in Folge einen Spannungszustand verursachen würden. Dieser Spannungszustand äußere sich im Kopfschmerz. So simpel und eigentlich logisch war das Sonnenproblem erklärbar. Zu guter Letzt und zu meiner absoluten Befriedigung konnte sie mir dann auch noch die Frage nach dem ‚wie lange dauert das' beantworten. Ganz klar verordnete sie mir für diesen Sommer Hut, Brille und Schatten. Jedoch prophezeite sie mir einen angenehmen Herbst und Winter, sowie einen weitgehend schmerzfreien Sommer 2004. Klar und deutlich prognostizierte sie: „Das wird besser oder reduziert sich zumindest auf ein erträgliches Minimum." War ich froh. Ein künftiges Leben ohne Sommerwärme und Sonne hätte ich als ziemlich große Beeinträchtigung der Lebensqualität empfunden. Wieder eine Sorge weniger.

Während ihrer Therapie hatte sie das aufgestaute Wasser auf meinem Kopf bzw. der Schädeldecke erfühlt und aus diesem Grund die Frage nach dem Kopfschmerz gestellt. Sie meinte, angesichts des aufgestauten Wassers sei es kein Wunder, dass ich permanente Kopfschmerzen habe und schlug mir eine manuelle Lymphdrainage vor. Ich bat sie, eine solche Therapie zu probieren und sie begann in ganz leichten, gezielten Massagebewegungen, das Wasser aus dem Kopf, über die Lymphe auszuleiten. Bereits nach der ersten Behandlung stellte sich ein unglaubliches Gefühl der Erleichterung ein. Ich konnte den nächsten Therapietermin kaum abwarten. Nach drei bis vier Sitzungen war ich fast beschwerdefrei. Ich musste zwar nach wie vor meinen Kopf durch einen Hut und meine Augen durch eine Sonnenbrille vor der Sonne schützen, konnte mich jedoch beschwerdefrei im Freien aufhalten. Das war ein unglaublicher Hochgenuss.

Abends, nach Büroschluss, fuhren mein Kollege, dessen Frau, mein Mann und ich nun fast täglich zu einem nahe gelegenen Badesee. Wir schwammen (ich zur Belustigung aller Badenden mit Hut), picknickten und tranken hin und wieder sogar ein eisgekühltes Gläschen Sekt dazu. Sie können sich nicht vorstellen, welche Lebensfreude diese Badeabende in mir auslösten. Es war ein Hochgenuss im kühlen Seewasser zu schwimmen, die milde Abendsonne auf der Haut zu spüren und den Sommer, den Wind und das Wasser zu riechen und zu schmecken. Anschließend, zu Hause, war ich meistens zwar nicht einmal mehr in der Lage die nassen Badesachen aus der Tasche zu holen, schaffte es mit Mühe gerade noch bis in mein Bett und war einfach nur fertig. Aber glücklich fertig, und glücklich fertig zu sein ist ein sehr angenehmes Gefühl.

Hier möchte ich Ihnen von einer lustigen Situation erzählen, die sich am Badesee ereignete. Da ich niemals vor dem Schlag einen Sonnenhut trug und auch nur in seltensten Fällen eine Sonnenbrille benutzte, fühlte ich mich mit diesen beiden Gerätschaften ausstaffiert wie ,Frau Surbier'. Jedenfalls hatte mich meine taktvolle Schwester einmal lachend so genannt, als sie mich in meiner Sonnenausstattung erstmals sah. Ich fühlte mich jedenfalls unwohl und meinte, alle Welt sehe mich an und lache mich aus, insbesondere weil ich ja auch noch mit Hut zum Schwimmen ins Wasser ging. Mein Kollege und seine Frau bemerkten mein Unwohlsein an unserem ersten Badetag am See und am zweiten Tag zeigten sie sich solidarisch und setzten beide riesengroße Strohhüte auf. So richtige Mexikanerhüte, wie man sie vom Fasching her kennt. Neben den beiden Exoten fiel ich in der Tat nicht mehr auf.

Wir hatten durch die Hüte jede Menge Spaß, weil alle Badegäste sich mit uns bzw. über uns amüsierten. Ich fand es nicht nur lustig, sondern eine nette Geste der Freundschaft und des Verstehens.

Durch die neuerlangte Fähigkeit, mich bei Sonnenschein im Freien aufhalten zu können, fühlte ich mich unglaublich gut und hatte wieder eine Runde des Kampfes für mich entscheiden können. Diese Runde gewann ich jedoch eindeutig durch die Kompetenz meiner Physiotherapeutin. Da hatte ich in der Tat wieder einmal so richtig Glück gehabt.

Nach guten Tagen kamen jedoch auch immer wieder schlechte. Trotz Physiotherapie und Vitaminen hatte ich immer wieder Tage, in denen ich lieber im Bett geblieben wäre. Manchmal waren es Kleinigkeiten, die mich physisch völlig aus der Bahn warfen. Beispielsweise war ich jeden Monat für drei bis vier Tage total außer Gefecht gesetzt, wenn ich meine Periode bekam. Neben extremen Kopfschmerzen, die ich jedoch auch schon vor dem Schlag hatte, fühlte ich mich so schlapp und energielos, dass nichts ging. Durch die Blutverdünnung war die Regelblutung zudem zu einer unangenehmen Sauerei geworden, auf die mich übrigens niemand vorbereitet hatte und die mich, erstmals erlebt, furchtbar erschreckt hatte.

Ein Wetterumschwung reichte hin und wieder aus, um eine Krise zu verursachen. Auch eine kleine grippale Infektion, sowie eine Magenverstimmung reichten zum Boxenstop. Solchen Kleinkram hatte ich vor dem Schlag gar nicht registriert. Jetzt warfen sie mich in der Regeneration total zurück. Hin und wieder war ich so fertig, dass ich nicht mehr in der Lage war, selbständig mit dem Auto vom Büro nach Hause zu fahren. Mein Kollege fuhr an solchen Tagen das Krankentaxi und ich hatte wieder mal ein außerplanmäßiges Date mit meiner Schlafstätte.

Mehrfach erlebt, wusste ich solche Tage als Tief, als Kurzphase des Rückschritts einzuordnen und verfiel immer seltener im Anschluss daran in Depressionen. Ich lernte, einfach abzuwarten, bis das nächste Hoch sich einstellte. Ich bemühte mich, mit den abwechselnden Hochs und Tiefs zu leben und mich zu arrangieren. Jedoch war ich in dieser Zeit ziemlich oft ziemlich schlecht drauf. Ich war mit mir und der Welt unzufrieden und verfiel in Dauernörgelei. Meine Familie und mein Kollege mussten ganz schön was aushalten mit mir und meiner Unleidlichkeit.

Mein Mann hatte mich früher häufig scherzhaft ,Hexe' genannt. Zu dieser Zeit machte ich diesem Namen alle Ehre. Einmal verließ ich schimpfend die Küche, in der sich meine beiden Söhne aufhielten. Als ich nochmals in die Küche zurückkehrte, um mir ein Mineralwasser mitzunehmen, fragte mich Simon: „Hast du deinen Besen vergessen?" Er meinte den Hexenbesen.

Hätte ich einen gehabt, hätte er ihn vermutlich zu spüren bekommen.

Als ich meinem Mann von der Episode mit den Kindern in der Küche erzählte, meinte der übrigens, ich könne mir die Flugkosten für den Mallorcaflug ersparen und den Besen nehmen. So viel zum Thema ,nette Familie'.

Es war alles einfach verhext. Eigentlich sollte ich froh sein, dass es mir schon wieder so gut ging und dass ich überhaupt so wenig Schaden genommen hatte durch die drei Schlaganfälle. Ich jedoch fühlte mich durch die Beeinträchtigungen wie Kopfschmerzen, Unbelastbarkeit und Erschöpfung dermaßen gehemmt, dass ich mit mir und der Welt im Klinsch lag. Meine Familie machte mich ständig darauf aufmerksam, dass der Schlag erst fünf Monate her sei und ich schon wieder verdammt gut drauf sei. Ich möge doch um Himmels willen ein wenig Geduld mit mir und meinem Körper haben. Hatte ich aber nicht. Dann jedoch las ich das Buch ,Locked – in'. Ein 39 - Jähriger erleidet durch einen Schlaganfall dieses Syndrom, das eine völlige Lähmung bedeutet und keine Möglichkeit, mit der Außenwelt auf irgendeine Weise zu kommunizieren. Als ich dieses Buch gelesen hatte, schämte ich mich meiner Ungeduld, Unleidlichkeit und Depressionen. Warum musste ich erst wieder darauf aufmerksam gemacht werden, wie schlecht es anderen Schlaganfallpatienten ergehen kann, um mit mir selbst ins Reine zu kommen? Dabei hatte ich mir so fest vorgenommen, dankbar und zufrieden zu sein. Dennoch war schon nach fünf Monaten erstmals der emotionale Schlendrian eingekehrt. Ich riss mich zusammen und verbannte den Hexenbesen in die hinterste Ecke. Später las ich in einem Buch eines anderen Schlaganfallpatienten, dass es offensichtlich vielen Schlaganfall- und Herzinfarktpatienten so ergeht, dass sie unleidlich, unzufrieden und teilweise sogar deutlich aggressiv werden. Kleinigkeiten konnten mich auf die Palme bringen. Ich konnte geradezu ausrasten. Irgendwie hatte ich große Probleme, mich zu beherrschen und kontrolliert zu reagieren. Immer wieder fasste ich den Vorsatz der Besserung, jedoch immer wieder übermannten mich die unkontrollierbaren Emotionen. Dazu gehörte übrigens auch die Weinerlichkeit. Ich kam mir vor wie ein Weichei. Alles und jede Kleinigkeit brachte mich zum Heulen. Ein Film, ein Buch, ein Lied, ein Bild, ein sentimentaler Ausspruch, eine spitze oder ironische Bemerkung und vieles vieles mehr. Bisher hatte ich immer meinen Vater belächelt, der ebenso nah am Wasser gebaut hatte. Bei näherem Hinsehen stellte ich jedoch fest, dass diese Phase bei ihm erst nach seinem Herzinfarkt vor einigen Jahren eingesetzt hatte. Er bestätigte mir dies und auch die Neigung dazu, sich über Kleinigkeiten tierisch aufregen zu können.

Im Büro führten mein Kollege und ich in diesen Wochen sehr intensive Gespräche. Nach und nach gestand er mir, dass er sich in den vergangenen Wochen große und belastende Vorwürfe gemacht habe. Er könne sich nicht verzeihen, dass er keinen Krankenwagen gerufen habe und einfach nicht erkannt habe, wie kritisch mein Zustand war. Da er als Taucher eine Rescueausbildung (Rettung) gemacht hatte, traf es ihn doppelt hart, nicht reagiert, sondern zugeschaut zu haben. Er gestand mir, dass er zusätzlich permanent darüber nachgedacht habe, wie oft und worüber wir uns in den vergangenen Jahren gestritten hätten. Da wir seit mehr als elf Jahren jeden Tag mindestens acht Stunden in einem Büro verbrachten, war das mitunter vertrauter, jedoch auch schwieriger als in einer Ehe, so dass es unweigerlich Streitereien gab. Außerdem waren und sind wir beide extreme Individualisten und Perfektionisten. Da krachte es hin und wieder schon mal heftig.

Er habe sich während der vergangenen Wochen nichts sehnlicher gewünscht, als manches Gesagte und Geschehene ungeschehen machen zu können.

Erschwerend kam für ihn hinzu, dass er während meiner Krankenhauszeit das Gefühl hatte, mir nur wenig hilfreich gewesen zu sein. Wir sprachen miteinander und im nächsten Moment wusste ich schon nicht mehr, was wir besprochen hatten, weil ich es nicht behalten konnte. Er hatte permanent das Gefühl in ein schwarzes Loch ohne Resonanzkörper hineinzuagieren und das belastete ihn unglaublich. Später, während der Reha hatte ich dann meinen Tischnachbarn, Rainhard, zum Reden und er hatte das Gefühl, unser Vertrautsein und unsere Freundschaft für immer verloren zu haben.

Auf diese Weise erfuhr ich, dass meine Lieben, die mir nahe standen, mein Mann, meine Söhne, mein Kollege und meine Eltern heftig gelitten hatten und jeder auf seine ureigene Weise versucht hatte, damit umzugehen. Nach und nach, durch viele Gespräche, gemeinsam gelesene Bücher und viel viel Zeit, kamen wir alle emotional wieder einigermaßen zur Ruhe. Es war jedoch eine schwere Zeit, die von vielerlei Konflikten durchzogen war. Von wegen: ‚Jetzt kommt das befreite, neue, glückliche Leben, in dem wir alles besser machen.' Ein harter Weg war und ist es dorthin. Ich lernte zu begreifen, warum viele Partnerschaften in Krisenzeiten nicht standhalten. Es bedarf unglaublicher Toleranz und Durchhaltevermögen, ohne Schaden aus einer solchen Lebenskrise hervorzugehen, weil nichts mehr ist wie vorher. Ob wir das schaffen werden?

Die Reaktionen und Handlungsweisen meiner Mitmenschen und auch meine eigenen hatten mich in der nahen Vergangenheit oftmals überrascht, ja überrumpelt. Beispielsweise während der Tage akuter Lebensgefahr. Hätte man mich vor dem Schlag gefragt, was ich tun würde, wenn ich möglicherweise nur noch wenige Momente oder Tage zu leben hätte, hätte ich hundertprozentig gesagt, dass ich vieles organisatorisch geregelt hätte und mich emotional von meinen Lieben verabschieden würde. Was habe ich realistisch getan? Nichts. Die Gefahr ignoriert und den Kopf in den Sand gesteckt.

Liegt es in der Natur des Menschen in Extremsituationen die Gefahr zu verdrängen? Macht das jeder Betroffene? Für mich selbst war es vermutlich die beste Lösung. Mit einer Konfrontation wäre ich nicht fertig geworden. Heute jedoch frage ich mich, ob mich dieses erlebte Trauma für den Rest meines Lebens in irgendeiner Form begleiten wird, oder ob es irgendwann einmal verarbeitet sein wird?

Zu meiner Freude und Verwunderung gestanden mir im Lauf der Zeit immer mehr Menschen, dass sie für mich gebetet hatten.

Bei meiner Schwiegermutter und einer Schwester meines Vaters hat es mich nicht verwundert. Jedoch gestanden mir auch entferntere Bekannte, dass sie mich in ihre Gebete eingeschlossen hatten. Es überraschte mich. Ist doch der Glaube und insbesondere das Gebet eigentlich niemals Gesprächsthema. Warum eigentlich nicht? Offensichtlich beten mehr Menschen regelmäßig, als ich bisher vermutet hatte. Beim Thema ‚Glauben und beten' fällt mir noch folgende Episode ein, die ich unbedingt erzählen möchte: Als ich aus der Rehaklinik nach Hause kam, ging ich am darauffolgenden Wochenende in die Kirche. Das erste Mal nach dem Schlag besuchte ich einen Gottesdienst. Ich freute mich auf diesen Gottesdienst in vertrauter Umgebung und unter vertrauten Menschen in meiner Heimatkirche. Nun passierte folgendes: Was glauben Sie, welches Evangelium an diesem Tag verlesen wurde? Das Johannesevangelium, von dem ich bereits berichtete. Der Text, der mich während der letzten Wochen immer wieder aus tiefster Panik und Verzweiflung gerettet hatte und zum Leittext meines neuen Lebens geworden war. War das Zufall?

Angesichts des verlesenen, vertrauten Textes traten mir Tränen in die Augen. Es war ein Gefühl für mich, als ob ich mit einem herzlichen ‚Hallo' im neuen Leben begrüßt wurde. Ich deutete diese Episode als ein deutliches Signal, mit meinem Gottvertrauen und dem Schutz meiner ‚Engel' genau richtig zu liegen und zu leben.

Wie ich bereits berichtete, wachte ich seit mehreren Wochen jede Nacht zwischen zwei und drei Uhr auf. Ich wachte auf und musste meinen Kiefer lockern, die Fingernägel aus meinen Handinnenflächen lösen und die Arme lockern und bewegen. Ich war beim Aufwachen dermaßen verkrampft, dass ich heftige Schmerzen hatte und oftmals in Folge starke Spannungskopfschmerzen von der Schädeldecke bis tief in den Nacken und die Schulter hinein bekam. Vermutlich war und ist das eine Reaktion des verdrängten Traumas. Jedoch fand ich keine Lösung, das Schlafverhalten zu verändern. Ich probierte vielerlei, fand aber keine Lösung.

Durch den unruhigen Schlaf wiederum hatte ich während des Tages wieder leichte Merk- bzw. Gedächtnisprobleme. Wie ich während der Reha gelernt hatte, hatte das offensichtlich folgenden Grund.

Das Gehirn arbeitet auch während der Nacht unermüdlich weiter. Es ruht niemals. Während der Nacht schiebt das Gehirn die Daten aus dem Kurzzeitgedächtnis ins Langzeitgedächtnis. Ist der Schlaf gestört, wird dieser Vorgang gestört und die erfassten Daten gehen ganz oder teilweise verloren, was Gedächtnisprobleme bzw. Störungen der Merkfähigkeit verursacht.

Solche Störungen können offensichtlich übrigens auch durch Alkoholkonsum oder Schlafmitteleinnahme verursacht werden. Also Vorsicht!

Für Ende September hatte ich mich zu einem Seminar über Entspannungstechniken angemeldet und erhoffte, dort Entspannung zu erlernen und somit möglicherweise einen ruhigeren Schlaf zu erreichen, der meinem Gehirn die ungestörte Tätigkeit während der Nacht ermöglichen würde. Eine weitere Erfahrung hatte ich in der Zwischenzeit machen können. Immer, wenn ich lange oder spät abends an meinem Buch arbeitete, waren die Phasen der Verspannung während der Nacht besonders schlimm. Auch das Surfen auf diversen Internetseiten und der damit verbundene Kontakt zu anderen Schlaganfallpatienten führten zu dieser Reaktion, so dass ich mich entschloss, dieses Buch zu dieser Zeit zu beenden und meine Kontakte zu Schlaganfallbetroffenen, sowie das Lesen entsprechender Literatur einzustellen oder zumindest erheblich einzugrenzen.

Vielleicht würde ich in ein paar Wochen oder Monaten so weit sein, dass es mich nicht mehr belasten würde, mit dem Thema Schlaganfall konfrontiert zu werden. Derzeit jedoch war dieser Zeitpunkt noch nicht erreicht. Zunächst half mir das Schreiben dieses Buches, das Lesen von Fachliteratur und das Internetsurfen bei der Krankheitsbewältigung. Ich fühlte mich unglaublich erleichtert, mir alles von der Seele schreiben zu können. Es war eine wunderbare Art der Krankheitsbewältigung für mich und die mir nahestehenden Personen. Diese Phase wurde jedoch offensichtlich von der nächsten, der Phase des Abstandes, abgelöst. Ich musste Abstand gewinnen und zur Ruhe kommen. Mit entsprechendem Abstand würde ich sicherlich in einiger Zeit wieder bereit sein, mich mit dem Thema auseinanderzusetzen. Das hatte ich mir zwingend vorgenommen, denn durch meine Erfahrungen kann ich vermutlich vielen anderen Betroffenen helfen und das war mein Ziel.

Chronologisch folgte nun unser geplanter Mallorcaurlaub von Anfang bis Mitte September. Ich hatte fürchterliche Angst vor dem Fliegen. Mein Schwager, der selbst Berufspilot ist, hatte mir Angst gemacht, indem er mir von seiner Befürchtung berichtete, dass möglicherweise die gerissene Schlagader dem Druck (insbesondere bei Start und Landung) nicht standhalten würde. Da mir jedoch diverse Ärzte Unbedenklichkeit bescheinigten, dachte ich bei mir: „Jetzt oder nie." Meinen Kollegen beauftragte ich mehr oder weniger scherzhaft, für den Fall, dass mir etwas passieren sollte, dieses Buch zur Veröffentlichung zu bringen und unbedingt den Ratschlag hinzuzufügen, im ersten Jahr nach einem Schlaganfall aufgrund meiner Erfahrung nicht zu fliegen. Wie Sie vermutlich bereits bemerkt haben, habe ich das Flugerlebnis gut überstanden. Der Start und insbesondere die Landung verursachten zwar einen hohen Druck und Kopfschmerz, jedoch im erträglichen und verträglichen Rahmen. Als wir unsere durchschnittliche Flughöhe erreicht hatten, beruhigte ich meine stark strapazierten Nerven durch heftiges Weinen. Das war mir lange nicht passiert. Ich konnte es jedoch nicht verhindern. Als der Psychodruck abklang und die Phase der Erleichterung einsetzte, kamen und liefen die Tränen, zur Verwunderung der anderen Passagiere. Mein Mann hielt meine Hand und meine Söhne, die hinter mir saßen, streichelten mir die Schulter und den Arm an beiden Seiten. Wir boten vermutlich ein sonderbares Bild. Zumindest wohl nicht das einer fröhlichen Familie in freudiger Urlaubserwartung. Egal. Wieder hatte ich eine Hürde genommen. Diese Hürde wurde kurz noch einmal erhöht, als wir in Palma landen wollten und keine Landeerlaubnis bekamen, somit drei Runden über Mallorca bei Nacht kreisten. Drei Runden im wechselhaften und hohen Druckbereich, der im Laufe der Zeit starken Kopfschmerz verursachte. Wir hatten einen weiblichen Piloten, eine Pilotin, und der Kommentar meines Mannes war angesichts der drei Landeanflüge: „Typisch Frau, die findet den Flugplatz nicht." Henrik ergänzte auf seine unnachahmlich coole Art: „Dass gleich bei der Landung bloß keiner klatscht, sonst dreht die noch ʼne Runde." Dieser trockene Humor meiner Männer half mir letztlich trotz Kopfdruck und Anspannung relativ ruhig zu bleiben. Als wir dann endlich auf spanischem Boden waren, war mein Shirt zwar nassgeschwitzt, aber ich war ungeheuer froh und erleichtert.

Unser Urlaub war wunderschön. Es war einer der schönsten, harmonischsten Urlaube, die wir jemals erlebt hatten. Das war übrigens die Meinung aller unserer Familienmitglieder und wir waren eine ‚krasse Herde' von immerhin neun Personen: Wir vier, plus meine Schwester, Schwager und drei Nichten. Auch eine Freundin war mit Mann und Sohn zeitgleich in unserem Urlaubsort, so dass wir häufig sogar zu zwölft beisammen waren. Sie können sich nicht vorstellen, wie viel Spaß wir in diesem Urlaub hatten. Dennoch hatte ich jederzeit die Möglichkeit, mich zurückzuziehen, wenn es mir zu viel oder zu anstrengend wurde. Der Urlaub war geprägt von Harmonie, Ruhe und Spaß.

Sehr berührt hat mich übrigens die Fürsorge meiner Nichte Saskia. Mit ihren zwölf Jahren hatte sie das unvollständige Manuskript dieses Buches gelesen und beobachtete permanent mein Verhalten und meine Reaktionen. Sie war es, die bei der Wahl eines Restaurants darauf achtete, dass keine laute Musik im Hintergrund lief, dass ich am Strand einen Schattenplatz bekam, dass ich Hut und Brille aufsetzte. Sie machte mich sogar mehrfach darauf aufmerksam, dass ich erschöpft aussähe und doch lieber in die Wohnung zum Ausruhen gehen solle. Das war wieder einmal eine wunderschöne zwischenmenschliche Erfahrung, die die sowieso bereits sehr innige Beziehung zu meiner Nichte noch weiter intensivierte.

Im vorangegangenen Kapitel bezeichnete ich unsere Familie übrigens als ‚krasse Herde'. Vielleicht waren Sie verwundert angesichts dieses Ausdrucks? Er entstand vor ungefähr einem Jahr, als wir alle den Film ‚Ice Age' ansahen. Ich entschloss mich, diesen Film in diesem Buch zu erwähnen, weil er so unbeschwert lustig ist, dass es sich lohnt ihn anzusehen, insbesondere, wenn man Aufmunterung nötig hat. Ich jedenfalls hatte in den vergangenen Monaten die Erfahrung gemacht, dass herzhaftes Lachen mir unglaublich gut tat und schnell half, aus depressiven Phasen herauszufinden.
Meine Söhne und meine Nichten konnten den Film durch wiederholtes Ansehen fast wörtlich nachsprechen und sie nutzten jede sich bietende Gelegenheit, daraus im Dialog und pantomimisch zu zitieren. Das führte wiederholt zu herzhaftem Gelächter und dazu, dass wir unsere Familie als ‚krasse Herde' wie im genannten Film betitelten.

Insgesamt bekam mir der Urlaub viel besser als ich angenommen hatte. Durch die vorangegangene Lymphdrainage konnte ich die Sonne und die Wärme, die sich übrigens in angenehmen Bereichen befanden, erstaunlich gut vertragen. Zwar war der ‚Frau – Surbier – Look' (Zitat meiner Schwester) mit Hut und Brille mein Begleiter von früh bis spät, was mich jedoch nicht störte. Ich lernte sogar (unfreiwillig) mit Hut durch Wellen hindurchzutauchen. Meine nette Familie wollte mich daraufhin zum ‚Wetthutwellentaucherwettbewerb' anmelden.

Da wir den Urlaub ausschließlich als Bade- und Erholungsurlaub gestalteten, erlangte ich nach Ablauf einer Woche einen merklichen Entspannungszustand. Ich begann traumlos durchzuschlafen und hatte überhaupt keine Kopf- oder Spannungsschmerzen mehr. Nach harmonischen, fröhlichen zwei Wochen ging es gut erholt und total relaxt nach Hause. Der Rückflug hatte mir keine Angst mehr bereitet. Lediglich einen leichten Druck- und Spannungskopfschmerz hatte ich am Ende des Rückreisetages.

Auch an diesem Tag erfuhr ich wieder einmal, wie wunderbar verlässlich fürsorglich unsere Freunde waren. Mein Kollege, der uns vom Flughafen abholte, überraschte uns damit, dass seine Frau ein exquisites Mittagessen für uns alle vorbereitet und gekocht hatte. Eine andere Bekannte hatte zum Abendessen eine deftige Suppe gekocht, die in unserem Kühlschrank auf uns wartete, begleitet von einem netten Zettel zum Willkommen aus dem Urlaub.

Angesichts dieses warmherzigen Empfangs trieb es mir wieder einmal die Tränen in die Augen.

Bevor ich gut erholt, voller Power und supermotiviert in die Firma zurückkehren sollte, hatte ich an meinem letzten Urlaubstag die zweite Nachsorgeuntersuchung in der neurologischen Abteilung einer Klinik, die ich bereits vor drei Monaten erstmals besucht hatte.

Der junge Arzt, von dem ich bereits berichtete, erkannte mich erstaunlicherweise schon auf dem Flur wieder, obwohl er mich nur ein einziges Mal gesehen und gesprochen hatte. Er sprach mich sehr nett an und das war wieder so eine kleine Menschlichkeit, über die ich mich riesig freuen konnte. Wir führten ein interessantes Gespräch von fast einer Stunde. Ich berichtete von meinen Erfahrungen der letzten Monate und insbesondere von der Wohltat der Lymphdrainage und des Vitaminpräparates. Nun gerieten wir fachlich sachlich aneinander, denn er wollte nicht glauben, dass mir auf diese Weise geholfen wurde. Medizinisch war das offensichtlich nicht nachvollziehbar. Jedoch gestand er mir letztendlich zu, dass zähle, was helfe. Mir jedenfalls hatte es geholfen. Seine Reaktion bestätigte wiederum meine Befürchtung, dass viele Ärzte offensichtlich gar nicht um die Beschwerden und Probleme wissen, die ein Schlaganfallpatient erlebt, der ins normale Leben zurückkehrt.

Ich befragte den Arzt nach der schulmedizinischen Erklärung für die Ursache meiner permanenten Erschöpfung. Er konnte mir keine nennen. Offensichtlich leiden zwar viele Schlaganfallpatienten im Anschluss an den Schlag, mitunter bis zu zwei Jahre, unter dieser Symptomatik, jedoch sei sie bisher medizinisch völlig unerklärbar.

Gespannt war ich auf die Ultraschalluntersuchung, die den Blutfluss der gerissenen, verheilten Schlagader darstellen und die Aderweite feststellen sollte.

Die Werte dieser Untersuchung waren dann zu meiner großen Freude und Erleichterung supergut. Die verheilte Ader hatte Werte, die nach Aussage des Arztes völlig normal waren, also einem gesunden Menschen entsprachen. Sie war nur minimal verengter als die Ader auf der gesunden Seite.

Der Arzt freute sich mit mir über dieses positive Untersuchungsergebnis. Nun folgte eine MRT- Untersuchung (in der Röhre) mit aktuellen Bildern meines Kopfes. Diese Bilder zeigten, dass die gerissene Ader verheilt war. Der ungehinderte Blutfluss war sichtbar.

Die grauen Flecken, die die drei Schlaganfälle bildlich darstellten, waren nur noch teilweise und bei sehr genauem Hinsehen erkennbar.

Der Arzt verglich mit mir gemeinsam die aktuellen Bilder mit den ersten und den weiteren aus der Rehaklinik. Er erklärte mir die Veränderungen und machte mir deutlich, dass ich einen optimalen Heilungserfolg erzielt hatte.

Das war ein freudiger Moment, der von einem warmen, kribbeligen Hochgefühl begleitet war. Medizinisch und theoretisch war ich nun also mehr oder weniger gesund. Die Praxis sah so aus, dass ich nun von Marcumar auf ASS zur Blutverdünnung umgestellt werden würde. Die Blutverdünnung sollte aus Vorsicht und zur psychischen Beruhigung noch einige Monate erfolgen. Irgendwann würde ich möglicherweise auch ohne die Verdünnung weiterleben können. Daran mochte ich aber derzeit nicht denken, denn das dünne Blut gab mir eine psychische Sicherheit, die ich unbedingt noch eine Weile benötigen würde. Die intensive und akute Behandlung des Schlaganfalls war nun bis auf vorsorgliche Nachsorgetermine zwecks Kontrolle vorerst beendet.

Sie hatte ziemlich genau sechs Monate gedauert.

Geblieben waren einige Beeinträchtigungen, wie die reduzierte Leistungsfähigkeit durch Erschöpfung und Unbelastbarkeit. Eine leicht verminderte Merk- und Erinnerungsfähigkeit. Probleme, die durch schnellen Blickwechsel wie Hin- und Hersehen (insbesondere am Computer) ausgelöst wurden, sowie die angeschlagene Psyche. Bei Erschöpfung oder Anspannung kam es noch hin und wieder zu leichten Sprachstörungen. Diese Beeinträchtigungen würden mich unter Umständen noch eine Weile begleiten. Wie ich aus Internetkontakten mit anderen Schlaganfallpatienten wusste, möglicherweise bis zu zwei Jahren. Jedoch würde ich auch weiterhin nach Hilfen, Lösungen und Perspektiven suchen, um diese Zeit erträglicher zu gestalten.

Betreffend der Sprachstörung bei Erschöpfung oder Anspannung möchte ich an dieser Stelle eine lustige Episode einfügen, die sich während unseres Urlaubs ereignete: Ich geriet sprachlich wieder einmal ins Stocken bzw. leichtes Stottern, weil ich mal wieder schneller dachte, als ich das Gedachte aussprechen konnte. In solchen Situationen holte ich in der Regel einmal tief Luft und wiederholte das Gesagte konzentriert und fließend. An besagtem Tag hatte ich offensichtlich einen ziemlich genervten Gesichtsausdruck, denn meine kleine, sechsjährige Nichte Luisa sah mich zunächst richtig mitleidig an. Plötzlich jedoch konnte ich in ihren dunkelbraunen

Kulleraugen den Schalk regelrecht aufblitzen sehen und dann sagte sie zu mir:

„Kauf dich mal `ne Tüte Deutsch. Hat mich auch geholft. Aber setz dich nich` drauf, sonst haste Plattdeutsch."

Ich hatte diesen Ausspruch noch niemals vorher gehört, im Gegensatz zu meinen Söhnen, die ihn offensichtlich aus den Medien kannten.

Vor lauter Lachen kamen uns allen die Tränen, angesichts der Situationskomik.

Diese sechsjährige kleine Rotznase hat viel von ihrer Mutter, meiner Schwester, geerbt, stellte ich fest.

Da ich die Erlaubnis des Arztes erhalten hatte, mit leichter sportlicher Betätigung zu beginnen, wollte ich nun mit Walken anfangen. Eine sanftere Sportart als das Joggen, jedoch ebenso an der frischen Luft. Ich freute mich darauf, endlich wieder aktiver werden zu können und versprach mir eine deutliche Verbesserung des Allgemeinbefindens von diesem Vorhaben.

Vielleicht würde der Sport mir sehr schnell dazu verhelfen, körperlich fit und leistungsfähiger zu werden. Durch die Bewegung, insbesondere an der frischen Luft, würde die Durchblutung des Gehirns und somit dessen Versorgung mit Sauerstoff deutlich verbessert werden.

Von einigen Sportarten hatten mir die verschiedenen, bisher konsultieren Ärzte jedoch für die Zukunft abgeraten. Sportarten wie Tennis, Golf, Volleyball, Handball und Skifahren beispielsweise würde ich niemals mehr ausüben dürfen. Diese Sportarten würden das Risiko eines erneuten Aderrisses deutlich erhöhen, so die Aussage. So weit so gut – wäre da nicht die Angst, irgendwann erneut einen Aderriss zu bekommen.

Sobald sich in der nahen und fernen Vergangenheit eine Gelegenheit ergeben hatte, befragte ich jeden Arzt oder kompetenten Praktiker, nach der Wahrscheinlichkeit, erneut einen Aderriss zu erleiden.

Diese Angst spukte immer irgendwo in den oberflächigen Tiefen meiner Psyche herum. Da ich niemals erfahren werde, warum die Aderwand gerissen war, beschäftigte mich natürlich die Frage, ob das wieder passieren kann und wodurch es möglicherweise ausgelöst werden könnte.

Alles Fragen und Hinterfragen nützt nichts, weil mir niemand eine zufriedenstellende Antwort geben konnte.

Ich erfragte Erfahrungsberichte anderer Patienten und wollte möglichst eine fundierte Aussage in Prozenten (natürlich zu meinen Gunsten). Jedoch konnte mir niemand eine solche erteilen. Dennoch ging die allgemeine Aussagetendenz der befragten Ärzte und Therapeuten in eine einheitliche Richtung: Die Chance eines erneuten Aderrisses sei in etwa so groß, wie einen großen Treffer im Lotto zu erzielen! Mit dieser Prognose, meinen Schutzengeln und jeder Menge Gottvertrauen kann ich weiterleben – und genau das werde ich auch tun, verlassen Sie sich drauf!

Glaube
Hoffnung
Liebe

----

und das Leben geht weiter!

Nachwort

Ich möchte nicht versäumen, einige Informationen zum Thema „Schlaganfall" zusammenzutragen und an dieser Stelle einzufügen (teilweise Auszüge aus der Internetseite der Deutsche Schlaganfall Hilfe).

Hätte ich diese Informationen gekannt, als mich der Schlag traf, hätte ich sofort reagieren können und noch in der Nacht des Aderrisses einen Notarztwagen mit Sauerstoffversorgung rufen können. Hätten die Personen meines Umfeldes diese Informationen gekannt, hätte es sicherlich keine sechs Tage bis zur Einlieferung ins Krankenhaus gedauert. Hätten die Ärzte, die ich besuchte, über diese Informationen verfügt, hätte einer von Ihnen mich per Notarztwagen und Sauerstoffversorgung in eine Unit Stroke Klinik bringen lassen können. Unit Stroke, ist eine so genannte Schlaganfallstation, die speziell auf die Behandlung von Schlaganfallpatienten eingerichtet und ausgestattet ist. Jeder sollte wissen, wo sich die nächste Klinik nahe seinem jeweiligen Wohnort befindet. Ich muss gestehen, dass ich diesen Ausdruck niemals vor dem Schlag gehört hatte. Eine verhängnisvolle Bildungslücke, wie sich zeigte, die ich beinahe mit meinem Leben bezahlt hätte.

Jährlich erleiden mehr als 200.000 Menschen in Deutschland einen Schlaganfall. Jeder fünfte stirbt an den Folgen. Viele bleiben arbeitsunfähig oder schwerbehindert.

Nach Krebs- und Herzerkrankungen ist damit der Schlaganfall die dritthäufigste Todesursache in unserem Land. Jährlich könnten etwa 100.000 Schlaganfälle verhindert werden, wenn Warnsignale erkannt und ernstgenommen würden. Ich wiederhole, 100.000 Frauen, Männer oder Kinder.

Ein Schlaganfall ist meistens verursacht durch eine Mangeldurchblutung oder eine Durchblutungsstörung des Gehirns. Dafür ist häufig eine Verkalkung der Hirnversorgenden Blutgefäße verantwortlich, jedoch nicht ausschließlich.

Ein Schlaganfall kann auch durch Blutungen im Gehirn entstehen. Ursache ist häufig hoher Blutdruck.

Oftmals kündigt sich ein Schlaganfall durch bestimmte Warnsymptome an:
- Lähmungen, Schwäche oder Taubheit eines Körperteiles
- Sehstörungen
- Sprachstörungen
- Drehschwindel
- Gangunsicherheit oder Gleichgewichtstörungen
- Extrem starker, plötzlich auftretender Kopfschmerz
- Bewusstseinsstörungen

Warnsymptome können beispielsweise allerdings auch „Kleinigkeiten" wie leichte Benommenheit, Übelkeit oder eine Schwäche der Gesichtsmuskulatur sein. Ein solches Symptom kann einige Minuten oder auch Stunden anhalten. Immer aber sollte es ernst genommen werden.

Besonders gefährdet sind offenbar Menschen mit:
- hohem Blutdruck
- hohen Cholesterinwerten
- Vorhofflimmern
- Bewegungsmangel
- Fehlernährung bei Übergewicht
- Diabetes mellitus
- Raucher

Sollten mögliche Symptome auftreten, die Vorboten eines Schlaganfalls sein könnten, kann eine wirksame Schlaganfallprophylaxe eingeleitet werden, um das folgenschwere Geschehen des Schlags abzuwenden.

Achten Sie auf mögliche Symptome. Gehen Sie lieber einmal mehr als einmal zu wenig zum Arzt und schildern ihm die Symptomatik und Ihren Verdacht betreffend des Schlaganfalls.

Sollte es zu einem Notfall kommen, rufen Sie unbedingt und so schnell als möglich einen Notarztwagen, jedoch einen mit Blaulicht, denn jetzt ist Eile geboten.

Sorgen Sie dafür, dass der Patient schon im Notarztwagen, also so schnell als möglich mit Sauerstoff versorgt wird, um die Schäden im Gehirn so gering wie möglich zu halten. Die Sauerstoffversorgung ist ausgesprochen wichtig.

Informieren Sie sich intensiv zum Thema Schlaganfall in Fachliteratur oder auch im Internet. Nicht erst morgen oder nächste Woche, sofort, denn schon heute können Sie oder ein Familienangehöriger einer der jährlich 200.000 Betroffenen sein.

Mein Wunsch und Ziel ist es, mehr Öffentlichkeit zum Thema Schlaganfall zu erreichen. Er ist die dritthäufigste Todesursache in Deutschland. Da darf es nicht passieren, dass typische Symptome nicht erkannt werden. So wie jedermann weiß, dass man bei Windpocken Bläschen hat, muss künftig ebenso jedermann bekannt sein, wie die Symptome eines Schlaganfalls aussehen und wie man in einem solchen Fall zu reagieren hat.

Erstrebenswert fände ich, wenn die Behandlung des Schlaganfalls, die Rhea und die Nachsorge mehr auf jüngere Patienten ein- bzw. umgestellt wird. Der Schlaganfall ist laut Statistik keine Krankheit mehr, die ausschließlich alte Leute trifft. Warum sind dann offensichtlich viele Ärzte, Therapeuten, und die entsprechenden Versorgungseinrichtungen nicht oder unzureichend auf diese Tatsache eingestellt?

Dringend halte ich es für erforderlich, dass die Rehakliniken Psychotherapeuten vorhalten, denn aus meiner Erfahrung weiß ich, dass die Psychotherapie eine unglaublich wichtige Voraussetzung für einen optimalen Rehabilitationsprozess ist.

Der Schlaganfall „das Stiefkind der Medizin", wie mir scheint, muss dringend und so schnell als möglich aus dieser seiner Position heraus.
Er muss in seiner Symptomatik und seinen Auswirkungen in den Köpfen der Menschen präsent sein, wie es bei Krebs, Aids und vielen anderen Krankheiten bereits geschehen und verinnerlicht ist.

Bücher und Medien, die ich persönlich hilfesuchend las, zu Rate zog und gut oder interessant fand:

- Jeder Mensch hat einen Engel (Anselm Grün)
- Sorge dich nicht – lebe! (Dale Carnegie)
- Die gelbe Karte (Dieter Zimmer)
- Und wieder blühen die Rosen (Hildegund Heinl)
- Was macht der Schwindel (Thomas Koschwitz)
- Locked – in (Karl-Heinz Pantke)
- Die Bibel

www.schlaganfall-hilfe.de
www.stiftung-schlaganfall.de
www.schlaganfall.org
www.dsg-info.de
www.schlaganfall-info.de
www.schlaganfall-selbsthilfe.de
www.schlaganfallnetz.de

Die Informationen und Fakten dieses Buches habe ich sorgfältig ausgewählt und entsprechend meiner Möglichkeiten geprüft. Jedoch übernehme ich keine Haftung oder Gewähr betreffend der genannten Daten, Inhalte und Fakten.